集英社文庫

# 嫉妬の香り

辻仁成



集英社版

この作品は、二〇〇〇年六月、小学館より単行本として刊行されました。

# 目次

第一部　中庭
第一節　裏切りの匂い……10
第二節　情事の残香……26
第三節　癒《いや》しの香り……42
第四節　調和の城……58
第五節　感情の轍《わだち》……73
第二部　空間
第一節　沈黙の塔……92
第二節　復讐の微香……109
第三節　寡黙な香水……124
第四節　挑発の小道具……139
第五節　芳香の丘……156

第三部　出口
第一節　愛の休息……172
第二節　象《かたど》る香り……190
第三節　感情の時差……207
第四節　巧妙な嘘……224
第五節　嫉妬ウイルス……238
第四部　永遠
第一節　再生の音楽……254
第二節　香りの行方……268
第三節　終わりとはじまり……281

# 嫉妬の香り

レイアウト（P.3〜P.7）　新妻久典

# 第一部

# 中庭

# 第一節　裏切りの匂い

## 1

人間は誰一人、自らのはじまりを選択することが出来ない。出生においても同様であり、生まれる前から親を選ぶことの出来る者など存在しない。それらは全て予《あらかじ》め決められている。

幸福が崩壊する兆しというものが必ずある。不幸は突然なんの予告もなしに訪れたりはしない。用心さえしていれば、忍び寄る影を見つけ出すことはそれほど難しいことではないのだ。あの時、確かに私は鬼胎《きたい》を抱《いだ》き、不安の影に思わず首をすくめた。思い過ごしだろうと何度も自分に言い聞かせては、また全員の顔を順繰り眺めたが、直後、気掛かりは事実となって打ち寄せた。絡み合う視線。そこに私が入り込む余地はなかった。

そのことに、斜向《はすむ》かいに座る政野早希《まさのさき》も気がついたようで、彼女は私を素早く睨《にら》みつけた。鈍感な私を叱《しか》りつけるようなきつい視線である。私と早希は弾む会話から心だけを切り離し、お互いの瞳《ひとみ》の中に隠された鈍色《にびいろ》にくすむ現実を覗《のぞ》き込んだ。早希は私の青ざめた愁眉《しゅうび》を一瞥《いちべつ》するなり、同じように不幸のはじまりを見つけてしまった者特有の愁色を返した。茶色混じりの瞳の芯《しん》の部分が不安げに、今にも消滅してしまいそうな炎のように眼球の真ん中で微細に揺れていた。まさか、と自問し、もう一度政野英二《えいじ》とミノリの顔を交互にこっそり見比べた。

四人は、運命のテーブルを囲み、表向き和やかな会話を続けていた。小さな脅《おび》えの亀裂が私の心を縦断した後も、私は幸福を装いながら、偽物の、歪《いびつ》な笑みを浮かべたまま会話に参加し続けた。全員が酔っていた。誰もが抑え込んでいた心を解放させたかったに違いなく、しかし冗談に対しては遠慮がちに笑いあった。

――ところで、君たちはまだ結婚しないの？

政野英二が、ミノリと私に向けて言葉を放つ。その口調は、年長者の優しさに満ち溢《あふ》れ、言葉の端々に悪意は感じられなかった。気品に包まれた気高い微笑《ほほえ》みは、これから長期間にわたって行われようとしている巨大プロジェクトの中心人物然とした威厳に満ち溢れていた。私と早希の疑心暗鬼を杞憂《きゆう》と決めつけるようなどっしりとした態度に、逆に救われる気にもなった。私は政野の微笑に内心安堵《あんど》を覚えながら、やはり思い過ごしか、とため息を零《こぼ》し、勘繰りすぎた自分に失笑せざるを得なかった。

――もう二人とも三十を超えてしまったし、遅くとも来年くらいには、と話し合ってはいるんですが。

ミノリが言葉にするのを躊躇《ためら》っている様子なので、私が説明した。政野は肩を竦《すく》めて、いつ結婚するのかが大事なんではなくて、どう結婚するのかが大事なんだ、と告げた。それに答えるように政野早希が、永すぎた春にならなければいいわね、と皮肉めいた呟《つぶや》きを零した。

デザートも食べ終わり、苦いエスプレッソを飲み干すと、一同は席を立った。ミノリは預けてあったコートを取りにクロークへと向かい、政野英二はレジにいた。私は確信を持てないまま、しかし心の中に現れたはじめての懸念を抱いて、広々としたホールの中央にぽつんと取り残され佇《たたず》んでいた。早希が背後から近づき、その敏感になっている耳に向けて息でも吹き掛けるようにすばやくこう告げるのだった。

——気がついた？　私たちは裏切られているのよ。

2

タクシーのヘッドライトが前方を照らしだしてはいるが、雨が降っているせいで夜の高速道路は視界が狭く、カーブを曲がるたびに、車が闇《やみ》の中へと飛び出しそうな錯覚に見舞われ、思わず爪先《つまさき》に力が入った。後部シートの私とミノリは車が走りだしてから、まだ一言も口をきいてはいない。付き合いだした当初だったらこんな時、彼女の方から私の手を握ってきた。なのに今は私の手だけが二人の間で力なく横たわったままだ。

こっそりミノリの横顔を窺《うかが》ってみる。彼女はシートに後頭部をもたせ、目を閉じている。しかしその口許は、気のせいか、微笑んでいるようにも感じられる。何を思い出しているのかと、口許の柔らかな流線を見つめては鼓動が早まった。

『気がついた？　私たちは裏切られているのよ』

政野早希の言葉が頭の中に蘇《よみがえ》るたび、私は硬直した。タクシーは、雨なのにスピードを落とそうとしない。運転手は私たちが乗っていることを忘れてしまったのか、それともスピード狂に違いない、アクセルを踏み続けている。カーブに差しかかると、二人の体は慣性の法則に従って、同方向へと傾《かし》いだ。そのタイミングを見計らって、なにくわぬ顔で彼女の左手に自分の手を重ねてみる。心地よい睡眠を邪魔された赤ん坊のように、彼女の横顔に神経質な気持ちのさざ波が現れた。彼女が私を拒絶するなら、早希の囁《ささや》いた言葉が事実となってしまう。目を凝らし、彼女の次の仕種《しぐさ》を待つ。ミノリの指先は力が抜けたまま、いつまでも握り返してこない。眠ったふりをする恋人。その横顔も、仮面のように表情を凍結させたまま、微動だにしない。しかし、私が彼女の手を握りしめていることを彼女が分からないはずはないのだ。心臓が強烈に、胸の内側の扉を叩《たた》く。握り返すんだ。心の中でミノリに訴える。同時に冷静な学者としてのもう一人の自分が、答えを急いではならない、と心にブレーキをかけようともするが、気を病む心を抑えるのは難しい。気持ちを鎮めようとすると、一層右手に有らぬ力が籠《こ》もってしまう。力を入れる私の右手の指の間から、ミノリの細く白い指がばらばらに天を指す恰好《かっこう》でそれぞれ突き出している。気絶した五人の少女のようにぐったりと私の右手に抱き留められたまま。

タクシーは水しぶきを蹴《け》っては次々、車を追い越していく。車線を跨《また》ぐたびに、二人は何度も揺れ、私は彼女が体につけている香水を嗅《か》ぐことになる。これは何の合図だろうと、鼻孔を開く。普段あまり彼女が好んでつけない人工の香りが、今夜の出来事の信憑性《しんぴょうせい》を裏付けてしまう。相変わらず、窓の外へと意識を飛翔させたままのミノリの無機質な横顔が、私をまたしても不安にさせるのだ。心地よさげな半睡の彼方《かなた》にあるものが、私にはひたすら怖い。

思い過ごしだと考えてみる。或《あ》いは見間違いなのだ、と片づけようと試みた。政野早希の私を糾弾する視線を思い出す。確かに彼女もそう感じたのだ。私だけが、不幸のはじまりに気がついたわけではない。政野英二はいったい何に合図を送ろうと目笑していたのか。あれは偽りの微笑み……。

絶望から、私は力を緩めた。ミノリの手は、相変わらずそのままだった。手を離した後も、彼女の手は開ききってしかも今や枯れようとしている草のように、シートの上でだらりと横たわり動かない。

そんなはずはない。自分を落ちつかせようと、何度も心の中でそう呟いていては、憂悶《ゆうもん》を吹き飛ばす何かを探しはじめる。そしてつい数日前に持った肉体的な交接に行き当たる。彼女の艶《なま》めかしい動物的な匂い、交接時により激しく発散してくる体臭の、甘く切ない香りの虜《とりこ》。普段はおとなしいミノリの肉体が興奮してつぼみを開こうとする時にいっそう放出する汗とエキスの調和。私だけが知っているミノリの秘密。私だけが知っている野生花の香り……。

思わず笑みが零れる。やはり思い過ごしだ、と自分を無理やり納得させてみる。彼女はあの夜私の腕の中でいつもの艶めかしくも甘い香りをたてながら眠った。あれは、知り尽くした者だけに心を開いた満悦の寝顔とその結果生まれた特別な香りじゃなかったか。

バックミラーに映った運転手の眉毛《まゆげ》が動いている。彼は時々、私たちの様子を窺っているのだ。期待が伝わってくる。ふいに起こった悪戯心《いたずらごころ》が大胆な行動を私に取らせた。運転手の後頭部を一瞥してから、私は彼女の太股《ふともも》の上に手を置いてみた。手は、ゆっくりと彼女のスカートの先を摘《つま》む。スカートの下に隠された皮膚の弾力が私の乏しい想像力に火を付ける。もう一度運転手の後頭部へ視線を投げかけた直後、それを手前に引いた。ミノリの足が姿を見せる。

強く打ちつける雨が、タクシーの屋根を叩き、ミノリが目を開いた。私の手首を摑《つか》むと、冷静な笑みを口許に浮かべ、それを払った。そして、ここではないどこか遠くへと思いを投げかけるような口調で呟いた。

――この雨はいつ上がるのかしら。

3

政野早希から私の大学に電話があったのは、四人で食事をした雨の日から、二日後の、週明けの月曜日のこと。私たちは夕方、代官山の裏通りにある小さなオープンカフェで待ち合わせた。早希は上から下まで黒い服で身を固めて登場した。シックだが上品にドレッシー、地味なのに自己主張の強い大人びた雰囲気は、遠くからでもはっきりと彼女だと分かるほどの麗容で、色香に溢れた存在感を放っている。知的だが秘められた情熱は、体型を隠そうともしない服の大胆なシルエットからも窺え、むしろそれが彼女の心の芯をも表出して、エゴン・シーレが画布に好んで描いた女性のように、華奢《きやしゃ》なのに女振りは強く表に出ており、刺さるほど痛々しい光のオーラを身にまとっていた。店に彼女が姿を現した途端からボーイや客たちの目を引いた。三十四歳の女の顔には、神経質な痛みが滲《にじ》んではいたが、年齢相応の小皺《こじわ》も見当たらず、その皮膚はまだ十分張りがあって艶《あで》やかに見えた。しかし顔の中心にある大きく見開かれた二つの瞳は、気のせいかくすんでどことなく悲しげに感じられた。

――見たでしょ。

彼女の最初の言葉は、単刀直入な一撃ではじまった。犯罪を糾弾する原告側の代表のような毅然《きぜん》とした態度である。私を覗き込む強い視線に焦心苦慮《しょうしんくりょ》の光が凝縮され、気持ちを押さえ込むのに必死な、普段には見られない興奮気味の様子だった。

——あの人と、あなたの恋人が見つめ合った瞬間をよ。

私は、否定も肯定もすることが出来ずに、ただ、彼女の強いが、同時に怯《おび》えるような目を見つめ返すことしかできなかった。私は、その神経質な震える瞳の中に、もっと怯える子供のような私自身を発見してしまうのだ。

——見たはずよ。あの二人は何度も視線を絡ませては、お互いの心を通じ合わせようとしていたわ。

私は、小さく息を吐き出した。吐き出さずにはおれなかった。給仕が注文を聞きにきて、二人は慌ててお互いの視線を逸《そ》らした。感情だけが、テーブルの上に取り残され、逃げ場を失って両者の間で肩寄せあっては微細に震えていた。彼女が、エスプレッソを急いで注文し、若い給仕がそこを離れると、今度は私が低い声で告げた。

——確かに見たけど、しかし、あの時我々はみんな酔っていた。

ふいに早希は、それまで前かがみ気味だった姿勢を一旦《いったん》起こしてから、なんてあなたはお人好《ひとよ》しなの、と言わんばかりに鼻で笑った。

——あの人は、あれぐらいの酒では酔わないわ。ミノリさんだってたいして飲んでいないようだったけれど。でもまるで強いお酒にでも酔ったような赤ら顔をしていたじゃない。

そうでしょ。あの二人が酔っていたのはね、酒なんかではない、別のものよ。

それ以上を詮索《せんさく》することができなかった。政野英二とミノリとがお互い引かれあう感情を持つことは、幾ら彼らの妻や恋人だからといっても止めることなど出来ない。彼らが浮気をしたり、姦通《かんつう》をしたりしないかぎり、ただお互いに好感を持っているだけなら、それを咎《とが》めることは出来ない。多少行き過ぎた感情の応酬はあったかもしれないが、それがすぐに何か不吉なことを私たち四人にもたらすなどと考えるのは早計な気がしてならなかった。それこそ杞憂というものであろう。

私がそのようなことを早希に告げると、彼女は、馬鹿ねぇ、と呟き、それから目を閉じて、静かに、しかし今度は力強く首を左右に振るのだった。

——はじまりは、いつだってそういうことからなのよ。

## 4

人間はどんなに愛しあっていても、相手を完全に自分の支配下に置くことなんてできない。幸福を宝石箱の中にいつまでも仕舞っておいて眺めているわけにはいかないように、眺めているだけの幸福など、実に味気ないものだと分かる。人はそれを取り出したくなる。そして危険の中に横たえて、愛が決して壊れるものではなく、人々から羨望《せんぼう》される尊いものだと世界中に広めたくなる。或いは試したくなる。自分だけがその危険から遠い安心の中にいるのだという優越感に浸りたいが為《ため》に、だ。しかし愛を宝石箱から取り出すたびに、それは世界に晒《さら》される羽目に陥り、私だけの宝石が、多くの盗人の目に留まる危険を冒すことにもなる。見せびらかしたいが、盗まれるかもしれない、という不安。それこそが、愛のはじまり、なのである。

## 5

政野に仕事の話を持ちかけられた時、ミノリを紹介し、そのプロジェクトに彼女を参加させたいと申し出たのは他でもないこの私だった。

設計事務所を経営している政野英二が新しい試みのビルを造るので手伝ってほしいと連絡を入れてきたのはまだ寒さの残る初春のこと。彼は私の高校時代のブラスバンド部のOBで、私よりも五歳年長だった。何度か演奏会を見に来ていたが、年が離れているせいか深い付き合いはなかった。もっとも彼は伝説的な人物で、我がブラスバンド部をはじめて全国大会にまで導いたことで有名だった。彼の指揮棒を振る姿は勇ましく、女たちは彼の話題で休み時間、話が尽きなかった。

私が出版した『ヒーリングミュージック・癒《いや》しの旋律』という本を政野英二が見つけて、いろいろ調べたところ、自分の後輩だということに気がつき連絡をよこした。彼はその時はじめて私という後輩の存在を知った。

新しいタイプのインテリジェントビルとは、大手広告代理店の新社屋のことで、設計のスケッチによると、建物は真ん中に小振りな体育館ほどの広さの吹き抜けの中庭を有していた。私が手伝うことになるのは、その中庭の部分で、政野英二はそこを「癒しの中庭」と呼んで、このプロジェクトの目玉に位置づけていた。

癒しの中庭の目的は、コピーライターたちのストレスを取り除き、その疲れた神経を癒し、彼らの創造力を回復させることにあった。

——シックビル症候群というのを知っている?

政野英二は、試すようにそう告げた。聞き覚えのない言葉だった。政野の苦み走った顔《がん》貌《ぼう》と魁《かい》偉《い》な姿は非常に男性的で凛《り》々《り》しく、同性でさえ、うっとりとさせられる。男振りに満ちた風姿にぼんやりと見入っていた私は、その聞き慣れない言葉が最初自分に言い渡された病名のように感じられてならなかった。

——インテリジェントビルで働く人々に昨今、鼻づまりや、水洟《みずばな》、目の違和感、喉《のど》の渇き、けだるさ、頭痛、喘息《ぜんそく》のような息苦しさなどを訴える人が増えていてね、これらを称してシックビル症候群と呼んでいるんだ。

——何が原因なんですか?

政野英二は、頷《うなず》いて、答えた。

——大きな要因は空調だと言われている。空調機は汚染されやすいからね、細菌や黴《かび》なんかが繁殖して、人々に様々なアレルギーを起こさせる。もっともこれはメンテナンスでなんとか防ぐことができる。だが、原因はそれだけではない。密閉された、窓も開かないような高層ビルでは、どうしても精神的に圧迫感があるだろ。これも大きな原因だと私は考える。現にある調査によると、患者のほとんどは平社員で、部長クラス以上の人間には少ないことが立証されているんだ。

政野英二は鞄《かばん》から取り出した新しいインテリジェントビルのスケッチを私の前に広げて見せた。

――広告業というのは、どうも熾烈《しれつ》な戦いに明け暮れているらしいからね。特に最近は不況のせいでクライアントの注文も、それに伴う上司の要求も厳しい。クリエーターたちはどこかで普通の会社員ではない、という自負も強くてね、要求を鵜呑《うの》みにはできかねている。不景気の影をもっとも浴びているのは彼らクリエーターたちなんだ。つねに新しい発想を養わなければ時代から取り残されてしまうという焦りも強い。知っていたかい。彼らの競争の激しさと言ったら、半端ではない。なんと言っても相手はこの移り行く飽きやすい時代なんだからね。

彼のプランは独創的なものだと思う。トップライトは太陽光を最大限取り込めるように設計されており、太陽の動きに合わせて採光扉が動く仕組みになっていた。おかげで、広々とした中庭の空間はその光を利用して熱帯地方の高木が幾本も植えられていた。ちょっとしたジャングルのようなものだよ、と英二は自慢げに告げ、私に完成予想図を見せた。広々とした吹き抜け。各階から庭は一望できた。テニスコートがすっぽりと入るほどの広さのアトリウムには、二十メートルほどのヤシやソテツやタコノキといった熱帯産の高木たちが何十本と植えられていた。その根元にはちょっとした空間が幾つか作られ、テーブルが配置され、クリエーターたちがミーティングや休息のために活用した。森林の中で仕事をしているような爽快《そうかい》な気分を味わう幾つもの仕掛けのせいで、彼らの能率も上がるはず、との政野の見解であった。そしてそこで重要な役割を担うのが、音と香りというわけである。

――いわゆるインテリジェントビルというものは今まで、生産性の向上やハイテクを利用して合理化を追求してきたわけだけど、そういう職場ではね、機器と向かい合いすぎて、緊張と人間疎外が増大して、とてもクリエーティブな仕事はできないばかりか、慢性疲労が溜《た》まりやすい。長期的な展望にたって、人間性を回復できるようなオフィス作りが必要なんだ。つまり、ここで大切になるのがアメニティという概念さ。快適でなければね。そこでビルの中に森を作ったり、川を流したり、場合によっては滝だって作っちゃえ、と考えたわけだ。そうして、やすらぎ、や、ゆとり、や、やさしさ、を疲れ切った人々に伝えたいというわけさ。

政野は中庭に私が考案したヒーリングミュージックを流すことで、働く社員たちの疲れ切った心を柔らかくほぐし、時には活発にさせて、α《アルファ》波やθ《シータ》波を取り出すことが出来れば、と考えていた。私にとっては願ってもない実験の場でもある。長年、頭の中で研究してきたことを、巨大なビルの中で実際に試すことができるのだから。

——アメニティに必要なのは、五感だ。視覚、聴覚、嗅覚《きゆうかく》、味覚、触覚。まあ味覚だけはどこかで美味《おい》しいステーキでも食べてもらうしかないがね。これらの要素が微妙に混ざり合って、働く人々の心をリフレッシュさせることができるわけだ。人間にとって五感という奴《やつ》はまず無視できないからな。視覚的な雰囲気作りは、我々とプランテーション部の共同作業で実現できる。味覚はおいといて、特に聴覚と嗅覚から、人々の心を癒したり、或いは時には脳を刺激して創造的な状態に近づけるための波動を取り込みたいんだ。こういう仕事はいわゆるお役所仕事とはわけが違う。リラックスした環境の中でしか、ヒットコピーなんて生み出せないからね。

研究グループを統括する教授からも、ぜひ成果をあげるようにと、激励された。大学も大いに注目している。実現すれば、私の助教授への昇格も夢ではない。野心が人並みにある私は心の片隅で明るく輝きだした未来を喜んでいた。

6

——香りの方は、どうするつもりですか？

私はミノリをこのプロジェクトに参加させられないかと直《す》ぐに閃《ひらめ》いた。それで次に政野と会った時にそのことを持ち出してしまった。

——まだプランニングの段階なんで何も決めていない。まずは君のことがあったんで、音から決めることにしたのさ。多分この後、化粧品会社にでも話を持ちかけてみようかと思っている。プラン自体に興味を持ってくれればタイアップできるかもしれないからね。

と政野は首を左右に振った。

——しかし、化学的に合成された香りを使うというのは、どうでしょうね。ぼくの考えだした音楽は人間の生理に訴えかける音楽です。作られた香りではなくて、自然が持っている芳香の力を利用した方がいいんじゃないでしょうか。例えば植物のエッセンスとか、今流行《はや》りのアロマテラピーなんかを利用するんです。

それも考えてはみたんだけど、結局は研究者との出会いのようなところがあるだろ、と政野は眉根を寄せて否定した。

——実は、ぼくの恋人がアロマテラピストでして、もっともまだアロマテラピー自体がきちんとした学問としてこの国で認知されているわけではないんですが、だからこそ面白いと思うのです。芳香治療という言葉をご存じでしょ。香りと人間の生活についての彼女の研究は、ヨーロッパではかなり実践的な学問として根づいているんです。このプロジェクトにも役立つと思うんですが。

どうしてあの時、私はミノリのことを政野に紹介しようと考えたのか。彼が高校の先輩だったことが私を安心させたのだろうか。順調な恋愛とは別に、二人の頭上にぶら下がって邪魔な結婚という二文字をなんとか回避するために気を紛らわす玩具が必要だったのか。もう一つ仕事が充実しないといつも嘆いているミノリを勇気づけたかったためか。ともに同じ職場で仕事ができれば、恋愛関係に新しい活気が生まれるかもしれない、と交際四年目のマンネリを打ち砕くのが目的だったのか。

とにかく、その人に会ってみよう、と政野英二が言った時、私はこれから自分に降り注ぐことになる、極めて精神的な苦しみを想像することなど全くできないでいた。

## 第二節　情事の残香《ざんこう》

1

人間は自分が愛されていないと気がついた時、いったいどういう態度を取るのか。こんなことを私は今までただの一度も考えたことがなかった。まさか自分にそのような事態が降り注ぐとは想像だにしていなかった。つまりミノリと私は交際をはじめてからずっと、幸福な関係を継続しているものと思っていたのだ。

あの日、私が見てしまった政野とミノリの視線のやりとりのせいで、それまで一度として揺らぐことの無かった私の心が突然厳寒の海のように荒れた。

政野夫妻と私たちが四人一堂に会したのは、まだ数えるほどしかない。「癒しの中庭」が竣工《しゅんこう》するまでには三年半ほどの歳月が掛かる。その大事業をなし遂げるために、家族ぐるみの付き合いをしようじゃないか、と持ち出したのは政野の方だった。最初に私たちは彼らの家に招かれた。ミノリを政野に紹介したのはその時がはじめてである。彼はミノリの仕事に関心を示し、数日後、香りに関するプロジェクトについて相談したい、と連絡が入った。それから政野とミノリは私の知らないところで知らない時間に二人きりで何度か会っている。

そして、先日の夕食会の席で、二人は親密に見つめあった、というわけである。

勿論《もちろん》、ミノリが政野を好きになった、と言い切ることはできない。尻尾《しっぽ》を摑んだわけでもないし、ミノリはあの日——つまり政野とミノリが見つめあっていたあの夜——以降も、私とは何一つ変わらない肉体の交接を持ち続けている。ミノリはいつも通り可愛らしい声音を漏らし、特別な香りをまき散らし、それから私の腕の中で眠る。その寝顔に裏切り者の嘘《うそ》はまだ浮き出てはいなかった。

考えてみれば、ただ彼らの絡みつくような艶めかしい視線のやりとりを目撃した、ということに過ぎない。誰もが、酔っていたのは事実で、ふと止まったミノリの視線の先に政野の寡黙《かもく》な瞳があっただけの、ただそれだけの見つめあいでもあった。早希のように、それを裏切りの第一歩と決めつけるだけの確信は持てないし、それはやはり早計に過ぎる気がしてならない。

第一、ミノリは私に隠れて、いつまでもこそこそと男と恋愛をできるような女ではない。彼女の中で心が決まった時の決断は早い。私が恐れているのは、むしろそのことの方なのである。

いつだったか私たちが付き合いだして間もない頃、ミノリは私にこう告げた。

——浮気ができるような女じゃないわ。もしあなた以外に好きな人が出来たなら、それは本気だということよ。

幸せの渦中にあった私には、その言葉は大きな意味を持たなかった。笑って彼女を抱き寄せ、君が他に好きな人を作ったら、ぼくは迷わず自殺してやる、と告げた。その後二人は激しい接吻を交わした。あの時のミノリの発言は、私に浮気をさせない、という警告だと私は解釈したのだ。しかし今、それは記憶の沼からすっくと顔を出し、少し違った意味を帯びて私の前に立ちはだかり聳《そび》えようとしている。

## 2

ミノリとの関係は、ぎくしゃくしているのだろうか。

私は、この結婚を前提にした同棲《どうせい》の中で、どこに変化が起こってしまったのかを知ろうとした。まるで医者のように、丹念に生活の細部へ目を投じてみることによって。

四年前、私たちは出会った。ミノリは出会った頃の情熱で私に接することは少なくなった。それは私の方にも言えることだったが、しかしこれは普通、どこのカップルも抱える初期的な問題に過ぎない。新鮮なのは最初の一、二年で、後は空気のような存在になるのが一般的だと、ある統計が答えを出している。むしろ私の考えでは、そうなってはじめて本当の愛が存在したと言えるのではないか、と思うのだが。

ミノリとの性的接触の回数が減っていく中でも、私は十分な愛の手応えを手に入れていた。ミノリとの会話が少なくなっていくことにおいてさえ、私はこれが普通の愛の道順だと信じて疑わなかった。ゆっくりと愛を円熟させるためにはこれが最善の道だ、と私は自分自身に言い続け、どこか心の奥底で満足していたに違いない。

恋愛は、短距離走であってはならない。長い視点に立ち、お互いの欠点をも包み込むことが出来る包容力を持ち、お互いを尊重しあって長い距離をともに走破するしかない、とずっと信じ込んでいたのだ。

3

ミノリに出会う前、私は研究に没頭するあまり精神的な疲労を抱えていた。眠れないので医者に行くと、仕事のしすぎで、神経が少しやられてしまったようだね、と告げられ、過換気症候群という聞き慣れない病名を与えられた。不眠が続き、その結果、心臓の不整脈を招き、ちょっとした音を聞いただけで、どくどくと心臓が激しく胸の内側で暴れ回った。

二十代の早い時期から、いつも理由のない苛立《いらだ》ちの中にいた。芥川龍之介《あくたがわりゅうのすけ》の言う「ぼんやりとした不安」とは多少違うが、それでも仕事が終わり、一人で食事をしているとふいに自分が自分ではなくなってしまうような酷《ひど》い孤独を味わう。つねに研究に没頭していないと、どこか落ちつかない人間になってしまっていた。そのせいで不眠症を患い、アルコールで無理やり眠る日々を過ごしていた。

それまでは音響が人間に与える様々な効果や現象を研究していた、ただの大学に所属する一研究員に過ぎなかった。大学の人間工学研究班は、特に音や音楽が人や環境にもたらす影響を研究してきた。人間と物質の相互関係を多角的に調査して人間生活の充実、さらには向上を目指す実践的な研究を進めるのがヒューマンテクノロジーの大義名分である。ここのところ数年は、音響機器のメーカーとその資本が入った大手レコード会社と手を結んで、音と脳波の関係に関する研究を中心に進めていた。

ところがある時、学会に出席するために旅行したドイツの教会で、修道士たちが歌う宗教音楽にとりつかれ、その質素だが同時にまた美しくもある中世のメロディが人々の不安や心の乱れを落ちつかせる効果があることに気がついた。早速そのテープを買い求め、実際に自分で試してみた。ヒーリングミュージックの研究に没頭するようになるのは、つまり自分の精神的な不安を解消したいという目的が最初にあったわけだ。

ミノリと出会ったのも同じような動機に因《よ》る。ある日私は植物の精油が精神の安定にいい効果があることを知り、南青山にある専門店を訪ねた。音が精神に何らかの影響を及ぼすなら、匂いもまた心に働きかけるに違いない、と思いついたからで、たまたま読んだ雑誌の記事に、近年アロマテラピーと呼ばれる芳香治療が流行っていることが紹介されていた。その店でミノリは働いていた。

一目惚《ひとめぼ》れというのは生まれてはじめての経験だった。相手が何者で、どういう人生の背景があるのか分からないのに、雰囲気や見目形《みめかたち》に恋してしまうのだから、何と動物的な出会いだろう、と後にミノリと交際しはじめた頃に思い出し苦笑した。

その頃、彼女はアロマテラピストになりたてで、もっとも当時はまだアロマテラピーなどというものは日本においては如何《いかが》わしいだけの似非《えせ》科学に過ぎず、もともと東洋医学の勉強をしていたミノリが芳香に魅せられ、その道に進んだのも、それよりつい二、三年ほど前のことであった。

南青山の路地裏に、蔦《つた》の絡まる古びた館《やかた》を改築した芳香治療研究所があった。一階が、精油を売るショップになっており、二階がその治療院になっていた。

店に入った途端、ミノリの瞳の黒さに引きつけられた。学問のしすぎでか、こういう唐突な邂逅《かいこう》が持ち込む美しさには無防備だった。しかしただ美しいだけではない。それは自分が美しいことに全く気がついていない美というべきだろう。作られた美ではなく、天然の美。しかし美の認識ほど曖昧《あいまい》なものはなく、美しいと感じることくらい自分勝手な価値基準もない。研究室に籠もりっぱなしの私の美に対する評価にどれほどの信憑性があるのかは疑わしいが、とにかく私は一目でこの人だと感じたのだから、それは確かに、恋というものの仕業なのであろう。私の中にも人間らしい血が流れていたということである。

無造作に束ねられた髪の中に、うずくまるような形の小さな顔があり、その対照的な肌の白さの真ん中に黒真珠のような華やかな瞳が二つ並んでいた。優しく微笑む笑顔の中で瞳だけが内側から発光しているような生命力を湛《たた》えている。

ミノリは静かに私を見つめて、それから、いらっしゃいませ、も言わず、一言、眠りたいのですね、と告げたのだった。

4

魅せられたのはミノリの黒い瞳だけではない。むしろ彼女の体臭の方に一層強く引きつけられた。肉体の芯の部分から放出される彼女のフェロモンやホルモンに関係する芳香物質に。

ミノリは、私が「特別な香り」と呼ぶ動物的な独特の体臭に対してある種のコンプレックスを持っているようであった。恋愛に対して晩生《おくて》に生きてきたのもその匂いのせいだったし、植物の芳香に興味を持ち出したのも、自分の体臭を芳香物質で消すことができないか、と考えたからだと、ある日告白した。

しかし私には、彼女の全身から漂う、特に汗の中に混じっている麝香《じゃこう》(ムスク)のような体臭には、性的な興奮さえ覚えるほどだ。匂いとセックスとは人間も動物も無縁ではない。犬は、三キロも離れた場所にいるサカリのついた相手を嗅ぎつけることができるし、蝶《ちょう》の雄は同じことを十キロも離れた距離でやってのける。発情行動や交尾は匂いに大きな影響を受けているのである。

　時々考える。もしもミノリの匂いが、微香性の香水のようにうっとりとして芳しい匂いであっても、私がそれに魅力を感じなければ、これほど彼女にのめり込んだかどうかは疑わしい。

　出会いや別れの理由に誰も匂いのことをあげないが、それは明らかに潜在意識に強く働きかけており、無意識の中では立派な基準になりえている。

　最初は一目惚れだった。しかし、私が本当に彼女を愛した瞬間は、はじめて皮膚と皮膚を擦《こす》り合わせた最初の晩のことだった。彼女の肉体から放出されたフェロモンやホルモンの、あの鼻孔に絡まりつくような怪しげな体臭のせい。あの繊細な肢体のどこで、ミノリの麝香は造られているのだろう。彼女の発する匂いは植物の精油のような繊細さは無い。むしろ徹底的に動物的。ムスク鹿の腺《せん》から取ったムスクチンキは、この数百年来、強壮剤や催淫剤《さいいんざい》として医療や香水の製造に使われてきた。ムスク鹿は今や人間の性的な興奮を高めるために捕獲され続け、現在は絶滅寸前なのだ。なのにミノリの肉体からはその香りにも負けないエロティックな香りが自然に発散されている。

　私は彼女と交際をはじめた頃、二人きりの時は香水をつけないでほしいと懇願した。ミノリは自分の体臭を匂いで隠すために、交際をはじめてすぐの頃、体中に本来彼女が嫌いな合成の香水を振りまいていたのだった。

人間には鼻腔《びこう》の天井の奥、目の高さほどのところに嗅粘膜が左右一つずつ存在している。それぞれ五円玉ほどの大きさだが、信じられないことに双方の嗅粘膜には合計一千万もの嗅覚神経細胞がある。この神経細胞は非常に薄い粘膜で覆われており、約二十八日で入れ代わる。各細胞は六から八本の繊毛細胞の束を持ち、繊毛の表面には受容器が並んでいる。これらはジグソーパズルのように、特定の香りがそれぞれ接合できるようになっているのだ。嗅粘膜は体内でただ一か所、中枢神経が剝《む》き出しになって外界と接触しているところにあり、その細胞は驚くことに脳細胞なのである。八千万もの繊毛は膨大な情報をキャッチすることができるのだ。

このことはミノリと交際をはじめた頃に彼女から学んだ受け売りである。しかし今やこの知識は私にとって彼女になぜ引かれ続けるのかを証明する唯一の鍵《かぎ》となっている。

夏の暑い夜などに、私は汗ばむミノリに興奮してしまう。彼女の匂いを嗅ぐ、私の鼻腔奥深くで蠢《うごめ》く繊毛が、まるでペニスのようになって勃起《ぼっき》している姿を私は想像してしまうのである。鼻の奥で、天井からぶら下がっている八千万もの匂いの生殖器たち。私は彼女の匂いで興奮し、そして最初に鼻腔の奥でいつも射精してしまうのだ。

## 5

匂いと記憶。

人間は誰もがこの世界に生を受けたその瞬間から匂いに気がつき、その時のイメージや気分といったものを脳に記憶している。脳のもっとも古い部分にあたる脳幹に属するリンビック系は、電気的信号に置き換えられた匂いのデータを捕まえる機能を備えていて、このリンビック系では興味深いことに、香りと記憶を同時に記録する。

人はそれぞれ違った環境で生まれ、さらに幾つもの違った環境を育って歩いていく。こうして誰もが様々な匂いに全く異なった個人的な結びつきを持つようになる。例えば、民族によっては好きな匂いと嫌いな匂いが一致しないことがあるが、それは明らかに生きてきた風土と道のりの違いのせいなのだ。

時々私はふとしたきっかけで鼻先を掠《かす》めていく匂いに過去の記憶を取り戻すことがある。それらは明らかな記憶というよりはイメージに近い。冬の、芯から冷えきった空気を嗅いだ瞬間や、夏の乾ききった草の匂いを嗅いだ瞬間なんかに、脳の奥に何かさわさわと揺らぐ残像が蘇ってくる。逃げ水のような記憶で、摑もうと思うとすぐに薄れて無くなってしまうのだ。それも大昔の、まだ私が幼かった頃に感じた記憶ばかり。普段は忘れていると いうのに、匂いが鍵となって私の記憶の小箱を開けてしまう。幼少の頃の切ない気持ち。私はその香りに打ちのめされる。

ミノリの体臭はなぜか時々私の記憶を擽《くすぐ》り、両親のことを思い出させる。表向き絵に描いたような円満夫婦を演じ通した二人だったが、彼らは社会性の中でお互いを殺しあって生きる孤独な夫婦に過ぎなかった。誰からも、二人は夫婦の模範として崇《あが》められていたが、実態を知っているのはひとり息子の私だけだった。

私は父のスーツに隠れ潜んだ母親の匂いとは違う別の女を嗅いだし、また母親が外出先から戻ってきた時のドレスやコートの裏側に、父のとは違う煙草《タバコ》の匂いを嗅いだ。それらは脱衣室の籠《かご》の中に丸められたそれぞれの下着にまで付着し、彼らの偽装の笑みを暴いていた。私は家政婦が彼らの下着を洗濯する前に、その痕跡《こんせき》を嗅いで、前夜に繰り広げられた肉宴を想像した。私が僅《わず》か十歳の頃のことである。

結局、二人はその後も偽装夫婦を続け、愛人との二重生活を続けている。しかし今追憶するに、そのことに気がついていたのは本当に私だけだろうか。老メイドは間違いなく気がついていたはずで、いやそれ以上のことだってあり得る、父も母もそれぞれの不倫を知って黙殺し、或いは認めていた可能性もあるのだ。

彼らはあまりにも社会的過ぎた。その為に、多くの愛情を犠牲にしてしまったのだ。

6

私は、学生の頃、違法な精子バンクに自分の精子を売って小遣いを稼いでいた。通っていた大学は、人工授精に使われる精子の希望が一番多い大学だった。私は成績が優秀で、つねに首席だったため、違法な精子バンクからの誘いも多かった。

ただ射精をするだけで、高収入を得ることができた。まだまだ今のように人工授精が認められている時代ではなかった。その為、口封じの理由で普通では考えられないような高額のアルバイト料が手に入った。

私は闇の病院へ出掛け、そこの薄暗い病室で、看護婦と医者を前に射精をした。看護婦はまだ若く、化粧も濃く、不倫に精を出していた頃の母親を想起させた。私は二人に見守られながら、仕事として射精をしなければならなかった。

彼らは私がちゃんと射精をし終わるまで視線を逸らさなかった。いんちきをしたり、精子が外に零れて傷ついたりするのを防ぐ目的があったに違いない。精子の匂いだけが濃密に室内を満たした。

精子の匂いを嗅ぐたびに、儚《はかな》い人間の存在を想う。どうして精子は椿《つばき》の香りがするのだろう。その香りには幽寂な佇まいがある。香りであって、香りではないような匂い。人間の悲劇を密閉したような形影相弔《けいえいあいとむら》う香りである。

父と母のいない家で、二人が帰ってくるまでの自由な一時を利用して私は自慰をした。自慰が好きだったわけではない。欲望が、勉強に勤《いそ》しむのに邪魔だったから、それを散らすために義務的に自慰をしたのだ。私にとって自慰は集中力を取り戻すための運動に過ぎなかった。自慰が済むと、私は猛然と勉強に戻った。

はじめて闇の病院で射精をした時、若い看護婦は、帰り支度をしている私に、元気ね、と告げた。誘いであることはすぐに分かったが、私はその時、母親のことを思い出した。母も見知らぬ男にこんな風に声を掛けたのだろうか。

## 7

一方早希にはほの白い香りとでもいうべき淡白な誘いがあった。それは体臭でなく、彼女がつけている香水の力によるものだった。ミノリが時々纏《まと》う香水は体臭を殺すためのコートに過ぎなかったが、早希のそれは下着であった。

どこか酸っぱく同時に甘い優雅な香り。香水は選ぶ女性の人格と心を物語る。すれ違う瞬間、微《かす》かに漂ってくる存在の主張こそ、香水の美しい纏い方だと言える。気品に溢れる女は、上手に香水の在り処《あか》を隠す。早希は、かつて知り合ったどの女性よりもうまく巧みに蜜《みつ》を隠した。彼女と向かい合う時、私はいつも一雫《ひとしずく》の香水の在り処を探してしまう。それは男に与えられたゲームのような不思議な感覚。

会話の最中、私はずっと悟られないように嗅ぎ続けた。首筋や、手首や、項《うなじ》を、視線は矯《た》めつ眇《すが》めつ彷徨《ほうこう》する。宝探しのように、男は翻弄《ほんろう》され、また翻弄することを楽しむように、女は一滴の場所を隠すのだ。

黒い服を好んで着る早希だったが、彼女の香りからくる印象は繊細で可憐《かれん》な白色の香りである。三十代半ばに差しかかった早希には、年齢の見事な堆積《たいせき》とでもいうべき、優雅さの熟練が開花していた。決して厚く塗りたくらない化粧と同様、彼女には美に関して誰もがたやすく真似《まね》することのできない洗練があった。自分に対して本当に自信がなければ出来ない、抑制の利いた化粧をした。それは美しく歳を重ねることの努力が生んだ美であり、ミノリの天然の美しさとは明らかに好対照であった。ミノリは生まれつきの天才で、早希は努力を重ねて才能を開花させる秀才型であった、と言える。

——なんという香水をお使いですか。

出会って間もない頃、質問したことがあった。早希は顎《あご》を引き大きく目を見開いて、口許だけで微笑んだ。

——ジャルダン・バガテール。ブーローニュの森のはずれにあるバガテール庭園をイメージして作られた香りなの。

——庭園をイメージして？

——ええ、そうよ。ジャスミン、ガーデニア、チューベローズ、ネロリといった白い花ばかりで作られたブーケのような香り。

——白い花ばかりか。まるで処女の香りみたいだな。

早希が口許だけで笑った。

ジャルダン・バガテール。怪しく発光するその響きをこっそりと胸の内側で復唱してみた。早希の纏う衣服の内側にもう一枚、目に見えない香りでできた下着があるような気がした。

## 8

——香水は好きなんですか。

——子供の頃から魅せられて。

——どこに。

——芸術的なところ、あら、どうして笑うの。

——だって、香水が芸術だなんて。

早希は静かに手を伸ばした。私の目の前で手の甲を裏返し、薄く血管の浮き出るさらに白い手首を差し出した。まるで、嗅いでごらん、と勧められたような恰好となった。私は恥ずかしさにどぎまぎとしながらも、鼻先を近づけてみる。頭の先からゆっくりと融《と》けるように光が沈んでいくような、なんともいえない優雅な心の癒しを受けた。

——いろんな種類の香料を混ぜて作られている香水はね、私にとってはいわば絵画や彫刻と同じくらいの芸術なの。揮発性のせいで、保存できない芸術といったところだけどね。

早希は微笑んだ。細い顔。ややつり上がった目。しなった眉。人妻であるが故に、引かれる魅力も確かにある。彼女は他人のものなのだ。

——纏った瞬間から、香りは時間の経過とともに変化していく。配合された各香料の揮発性の違いや、濃度の差でね。香りのタイプの変化は、トップノート、ミドルノート、ラストノートと大きく三つに分けられる。トップはつけてから三十分以内に香り立ちするもので、シトラスやスパイスなどの揮発性の高い香り、それからミドルは主にフローラルやフルーティ系で成っていて、三十分から一時間くらいの間に香りが出るのね。香水の真価がここで問われると言っても過言ではないわね。そしてラストノートは、私が一番愛している部分でもあるんだけれど、残り香とも言える部分で、つけてから三時間以上後に現れるの。つける人の体温の差なんかもかなり影響するので、香水は人間同士の出会いに似たようなところもある。香りが人生を変えかねないので、たかが香水といえども馬鹿にはできないのよ。

　私は目を閉じ、心で早希を見ようとしてみる。彼女には何か怪しげな魅力のオーラがあった。次々に変化する香りのドレスを纏った美しい魔女というイメージが……。

## 第三節　癒《いや》しの香り

### 1

政野早希は長かった髪を短く刈り揃《そろ》えて現れた。私が驚いた顔をしてみせると、彼女は弱々しく微笑み、小さくお辞儀をした。ややつり上がった目は、かつて香水談義に花を咲かせた頃ほど涼しくは感じられなくなっていて、きびきびと、かつせわしなく眼球が目の中心で孤独に震えていた。

大学の傍《そば》の晩秋の公園を並んで歩いた。彼女が見つめる未来が、私にも見えたような気がした。池の水面《みなも》に光が膜を作ってうずくまっている。風が無いせいで、木々も揺れず、水面も鏡のよう。非現実的な異界に迷い込んでしまったようにも思える。池の真ん中に小さな島があり、そこにさらに小さな小屋のようなものがあった。木々は何故《なぜ》か枯れて、葉を付けてはいなかった。藤原定家《ふじわらのていか》が詠んだ、見渡せば花も紅葉《もみじ》もなかりけり浦の苫屋《とまや》の秋の夕暮れ、という歌を思い出し、世界の不在のようなものを感じた。

私たちは公園の脇にあるひとけのないカフェに入ると、奥まった席で、不倫のカップルのようなものものしさとよそよそしさをあからさまに放ちながら、向かい合った。しなやかな髪が頬《ほお》に張りついている。そこに光が留まり美しい流線が輝きだしていた。

――政野ともう十年も夫婦をしているのよ。あの人が今、何を考えているか、よく分かっているわ。ミノリさんは、あの人の好みのタイプだもの。小さくて整った顔。黒曜石のような美しい瞳。ほっそりした体型。知的な雰囲気。大人びた仕種。しかも、少女のような可憐さまで兼ね備えている。何も彼《か》も、政野好み。彼がこのまま何も起こさないわけがない。現に、二人は見つめあい、心を一層通じあわせようとしていた。

政野早希は、最初の時のような切羽詰まった困惑に怯えているというわけではなかった。かわりに、やや諦《あきら》めがまじったような、鈍い眼光を湛えた気弱な眼差しをテーブルの上に注いでいた。彼女はフランス製の煙草ジタンを取り出しくわえると小ぶりのダンヒルのライターで火を付けた。軽いのが流行しているこの時代に、男でさえ強いと感じるジタンを彼女は細い指先の間に軽く挟んでいる。吐き出した煙はそういうブランドとは無縁の、真冬の息のように脆《もろ》く淡いもので、二人の間をいつまでも消えずに漂った。

――先週の水曜日、政野はミノリさんと朝方まで打合せをしていたけど、当然あなたは知っていたでしょ。

頷いてみせると、彼女は、そうよね、と呟いてから続けた。

――今週に入ってからも、昨日と一昨日《おととい》と既に二回も打合せをしているわ。政野が帰宅したのは、いずれも二時を回っていた。男と女が二人でそんな時間まで打合せをするものかしら。

私はかぶりを振った。強く否定しようと勢いよく振ったが、顎先に力は宿らず、ゼンマイの切れた振り子のように、だらりとしなだれてしまった。飛び出した言葉も最初だけははっきりとしていたが、次第に薄れ、弱々しくなっていった。

——少し勘繰りすぎじゃないかな。大体の流れはぼくも知っていますし、今が設計の初期段階では一番打合せが多い時期でしょ。ぼくだって政野さんとは何度も打合せをしている。……それに彼らは二人だけで会っているわけではないはずです。デザイナーと設備のエンジニア、他にも担当者とか、きっと大勢同席している。もしも、もしも二人だけだったとしても、それは仕方のないことだ。

政野早希ははじめて私の瞳を見つめ、それから救いを求めるような弱々しい微笑みを返した。普段が勝気だからこそ、不意に見せる臆病《おくびょう》な部分が、心に訴えかける。

——確かに現実的には馬鹿げた妄想かもしれない。でもね、確かな前兆を私は感じる。あの人は、欲しいと思ったものは必ず手に入れる人なの。

——欲しい？

——ミノリさんを欲しがっている。

——どうして？

さあ、という言葉がジタンの煙とともに吐き出された。

——好きになるのに理由なんてないでしょ。

——しかし、ミノリよりも可愛い女なんか幾らでもいるじゃないですか。そんなことくらいで一々人の恋人を奪っていたら、身も心も持たないでしょう。

——いいえ、こういうことは理屈ではないわ。私は誰よりも政野のことをよく知っているんだから。あの人の、ミノリさんを見つめる目はいつになく真剣だもの。

——先輩ほどハンサムな男性が、ミノリのような子供を……。

私はそこまで告げると、息が途切れ、ため息をついた。肺の中に押さえ込んでいた呼気が勝手に溢れ出たようなため息であった。政野英二もミノリの体臭の魅力に気がついてしまったのだろうか。

早希は私の顔色を窺っていた。首を傾げ、目を大きく見開いている。仕方がないので私は彼女の不安に揺れる瞳を哀れむように見つめ返した後、無理して微笑んでみせた。わざと男らしさを誇張したような強さの顕示に他ならず、そのせいで頬肉は自覚できるほどの痙攣《けいれん》を起こした。

——でも、まだ何も起こったわけではない。彼らが見つめあったことを認めたとしても、二人が何か、その特別な関係になるなんていう事実はこれっぽっちもないんです。

今度は政野早希が、ふっと笑みを口許に浮かべてみせた。しかしこれも余裕から来る微笑ではなく、敗者のうちひしがれた笑みに過ぎなかった。

──特別な関係ね。十分あるわ。あの目よ。

まさか、と口先から言葉が溢れたが、彼女は絶望を隠さなかった。

──前にも同じようなことがあった。その時も彼はあんな目つきをしていたのよ。あの時、私たちは別れる寸前まで行った。相手はまだ若い彼の部下だった。私たち、別れていてもおかしくなかった。でも、相手の女性をこっそりと呼び出して、必死で説得した。その子、まだ子供だったわ。驚くほどに幼い顔をしていた。大学を出たばかりといった感じよ。そんな子にいったいどんな顔で私が説得したと思う？　まるで道徳の教師のような、それは凛々しい顔つきで、よ。笑える。思い出しても笑えるわ。説得しながら、どうして政野はこんな子供を相手にしているのかしら、と考えた。肉体が目当て？　或いは彼はロリコンなのか。それとも私には理解できない物凄《ものすご》いものをこの少女は持っているというわけ？　分からなかった。理解しようとすればするほどに気がおかしくなりそうだった。惨《みじ》めだったけど、それほど政野を失いたくなかったのね。

いつのまにか二人はお互いの瞳の中にお互いの姿を確認しあうほどの距離に顔を近づけあっていた。私は、ミノリを失うことになるのではないか、という不安がそれまで以上にはっきりと胸の中に広がっていくのを覚えた。

──第一、なぜ政野がミノリさんをこのプロジェクトに参加させたのか、という疑問が残るの。

——それは、ぼくが彼に紹介したから。

——違う。政野がミノリさんに興味を示さなければ、彼女はこのプロジェクトには参加できなかったはず。香りに関しては、化粧品会社と技術的な提携をする予定になっていたんだから。あなたには何と説明したかは分からないけど、化粧品会社の企画開発部との橋渡しをしたのは私なのよ。それが突然植物の精油を使う話になった時に、私はぴんと来た。私の顔に泥を塗ってまで乗り換える何かがミノリさんにあったわけでしょ。失礼だとは思うけど、ミノリさんはまだ経験がない。三十歳になったばかりでしょ。確かに彼女はアロマテラピストとしてはそれなりに実績を持っているかもしれないけど、でもね、これほどのプロジェクトに参加できるキャリアがあるとは思えない。政野に何か下心があるとしか思えない。

——下心？

政野早希はしっかりと私を見つめ、決意とともに大きく頷いた。彼女が纏った香水の香りが漂ってくる。確か、ジャルダン・バガテール、という名の香水だった。なんと甘く魅惑的な匂いだろう。それは人工的な香りであるはずなのに、生き物のように私の心を労《いたわ》りくすぐる。彼女が苛立ち、神経質になればなるほど。或いは惨めに苦しみを顔中に滲ませれば滲ませるほど、逆に香りが存在を主張し、私に押し寄せた。

——音の方を引き受けた時に、私の方から政野さんに植物の精油を利用したいと進言したんです。彼はその時まだミノリとは面識がなかった。先輩はあの時点で既に人工の匂いではなくて、植物の精油の方にかなり関心を示していました。私の作りだす環境音楽は、人間工学を基準に作っています。人工の匂いよりも自然の匂いの方がより効果があるときちんと科学的に説明したんですよ。

私と政野早希は一歩も譲ろうとせず、お互いの顔を見つめあった。長い沈黙が二人を、まるで永遠を留めようとして描かれた絵画のようにそこに固着させる。

それから暫《しばら》くして、新しい客がすぐ近くのテーブルに腰を下ろし、読書を始めた。店員が注文を聞きにやってきて、少し周辺が賑《にぎ》やかになった。私は呪《のろ》いから解かれると、声を潜め、外を歩こう、と提案した。

2

不安というものは、生まれてから死ぬまで人間に付きまとう。しかもそれは年齢を重ねるほどにどんどん大きくなってさらに複雑化していくもののようだ。不安の全くない人間に出会ったことがないように、不安の全くない一日を過ごしたことがない。

子供の頃は不安よりも希望が大きな位置を占めていた。歳を取り、すっかり大人になってしまった今、希望は不安の陰に潜んで縮こまってしまっている。

何故不安が起こるのかは、哲学者ではないので分からない。哲学者や心理学者だって自殺をするわけだから、彼らにも多くの不安はあるわけだ。

私の隣に政野早希がいる。公園の曲がりくねった歩道を二人は並んで歩いていた。彼女は自分と全くの同年齢の三十四歳のはずだが、政野英二の妻という理由で、どうしても年上に思え、いつまで経っても敬語を使ってしまう。

二人は政野英二とミノリの問題で、急接近を遂げた。それは不安に対する連帯、ある意味での共同戦線を張ったようなものだと言えるだろうが、しかしそれだけではないような、密《ひそ》かな情が芽生えはじめてもいた。

今二人を包み込んでいる不安には、まだはっきりとした原因は見当たらない。結束を固めるにも何をしていいのか分からず、ただ並んで歩くしか方法がないのだった。

――もしも、早希さんの予言が的中したとして、ぼくたちは今どうするべきでしょうね。

そう言うと、政野早希は、そうね、と呟いた。小枝を拾い、それを手の中で二つに折った。枝が裂ける音が耳に届く。聞きもらすほどの脆い音であった。

――今はまだ手のうちようがないわ。お互いが用心して、あの二人がどういう風に動くのかを見極めるのよ。

――見極めた後は？

政野早希は、目笑した。後では駄目。見極めつつ行動を起こさなければ。タイミングを間違えると、私たちは幸福を失ってしまうことになるのよ。

——行動とは何？

——行動とは阻止よ。二人が恋愛沙汰《ざた》を起こさないように、その関係を阻止するの。

軽い目眩《めまい》を覚えた。なぜなら、人が人を好きになることを阻止するために起こす行動ほど、虚《むな》しいものはないからだ。しかもそれが自分の恋人が起こそうとしている行動の阻止ときている。

——どうも、ぼくには理解できない。早希さんのように断固とした態度を取るだけの心の準備もまだないし。

唐突に政野早希は私の方を振り向き、私の冷たく冷えきった手を握った。思いがけないことだったので、驚き、身を引いた。優しいが不気味に輝く眼差しがそこには横たわっており、彼女は自分に言い聞かせるように小さくしかし力強く頷いた。

——大丈夫、私がうまくリードしてみせるから。

3

かつて私の精子は匿名の精子として不妊で苦しむカップルたちに売られた。違法な人工授精ではあったが、実際に私の精子で身ごもった女性が幾人かいるのは事実なのだ。

しかし私の血を受け継いだ者たちに誰一人会ったことがない。その子と街角ですれ違っていたとしても、気づくこともない。

あの頃は若かったから、金銭に目が眩《くら》み、しかも最悪なことに両親への憎しみに駆られて、そんなアルバイトに手を出してしまった。しかし社会的な人間に成長した今、私の精子から生みだされた子供たちのことが気掛かりになる。その子たちに会いたい、とは思わない。あっちこっちに自分の遺伝子を受け継いだ人間が存在していることに愕然《がくぜん》とするだけだ。

私は時々後悔をする。後悔の繰り返しこそが我が人生だと、振り返ることもできる。自己嫌悪に陥る日々の中にいると、私の血を受け継いだ者たちが、同じような苦しい人生を生きるかもしれないことを容認したような心苦しさを覚えてならないのだ。

日曜日の公園に行き交う子供連れを見ていると、ふいにその中に自分の精子で製造された子供が混じっているような気分になってしまう。

少なくとも私がした行為には、不妊で苦しむ人たちへの愛はなかった。私は、悲しい精子を売ることで人生を相殺《そうさい》したかっただけだった。

## 4

憎しみについて。

憎しみは際限がなく、慈しみは限りがある。私は不倫を繰り返した親を慈しむことはなかった。愛のない二人から生まれてきた自分に誰かを愛することができるとは思えず、そのことで両親を呪った。人を好きになる時、そのことが災いして、相手に対して、自分に対して完璧《かんぺき》を求めてしまうのだ。しかし完璧な人間などは存在しない。自分の親のように、仮面を被《かぶ》った偽善者の集団が社会であると、ある時思うようになった。

そんな風にしか人を見ることができないあなたは不幸だわ、とミノリはいつだったか言った。可哀相なテッシ。私がその心を変えてみせる。

はじめて聞く他人の優しさでもあり、きっと私がミノリを心底好きになったのはその瞬間ではなかったか。

ミノリを信じるのがいつも怖かった。いつか彼女に裏切られるのではないか、と怯えて過ごした。何故か。それは他人の心を私が見ることができないからだ。親の悪行を見すぎたせいもあった。私の前で見せる仲むつまじい親の顔の裏側に、嘘だけが存在していることを私だけが知っている不幸。これを不幸と言わずなんと言うのだろう。

ミノリを愛しているのに、ミノリを信じることができなかった。信じたいと思っても、いつかどこかで彼女が浮気をするのではないかと怯えた。男らしくない、と慙愧《ざんき》に堪えなかったが、愛に男も女も関係はない。彼女が一人で出掛けるたび、誰かと愛し合うのではないか、と心配した。もしも私がミノリの心の中を覗けたなら、私は苦しまなくても良かったはずなのに。いつも他人という山は私の行く手に堆《うずたか》く聳えている。

## 5

ミノリの寝顔を見ながら、固いベッドの上で顔だけを真横に向けている。眠ろうと既に一時間ほど努力をしているが、あの絡みつく視線の行方が気になってなかなか寝つけない。寝かけても、神経繊維が頭の中で綱引きでもするみたいにどこからか引っ張られては、眠気がすっと消え去り、目を覚ましてしまうのだ。まどろむわけだが、日中のぼんやりとしたまどろみとは違い、とても苦しい感情の行き来が続く。

ミノリのすっきりとした寝顔は、私のことなど全く意識にはないという風に穏やかで、清々《すがすが》しい。私はベッドの端に追いやられ、寝返りも打てず、彼女に抱きつくこともできない。いつからこのようにベッドが窮屈になったのだろう。

交際をはじめた頃、このダブルベッドがとてつもなく広く感じられた。私たちは毎晩抱きあっては眠りに落ち、パズルを完成させたような達成感に満たされ、股間《こかん》をくっつけあっていた。お互いの肘《ひじ》を枕《まくら》にして、キスをしたまま眠ったこともあった。

——眠れないの？

ミノリが気配を感じたのか、突然薄暗がりの中から低い声が届く。ああ、と答える。ミノリが体をこちらに向けた。目が開かれ、それは闇の中でも光を僅かに放出していた。

——何を考えていたの？

ミノリが心の中を覗き込もうとしている。私は政野英二のことを思い出してしまい、思わず神経が波うつのを感じた。

――いや、たいしたことではない。ただ眠れないんだよ。

――仕事のしすぎで疲れているのよ。

頷いたが、本当は、そうじゃない、と首を強く振りたくて仕方がなかった。君の本心が見えなくて不安だから眠れないんだ。君という他人が高く聳えているから恐ろしいんだ。あの夜のことを、問いただすべきか判断ができなかった。政野早希の顔が今度は頭の中を掠めていく。オ前ハ俺ヲ裏切ッテイルノカ？　そう質問したかった。しかし私の苦しみが、結局言葉になることはない。

黙っていると、ミノリが、ラベンダーでも嗅ぐ？　と呟いた。優しく物憂げな声で。うん、そうしようかな。

ミノリはベッドから起きだすと、病人を看護する人のように静かに準備をはじめた。寝室の隅にあるアロマポットの中の蠟燭《ろうそく》に火を付け、その上の水を張った皿に、取り出したラベンダーの精油瓶を傾け、数滴垂らした。

暫くすると、ラベンダーの甘く、色で譬《たと》えるならば、まるで山の空の色のような澄み渡る青々とした香りが鼻孔をくすぐりだした。ミノリが私を愛してくれているような錯覚が起こるから不思議である。まるで彼女に背中や腹を丹念に撫《な》でられているような安心感が起こった。

ミノリはアロマポットからラベンダーの香りが漂いだしたことを確認すると、まるで温水プールに入るように足から静かにベッドの中に戻った。

——ラベンダーの渋くて甘い香りがプロヴァンス地方の山の斜面から漂いだす頃、ちょうど夏の時期になるんだけれどね、大きな袋を背負った摘み子たちが、小さな鎌《かま》を手に手に、花の咲く高いところへと登っていくのよ。

子守歌を歌うようなミノリの声に、肉体も精神も次第に溺《おぼ》れていく。

——花が精油をもっとも沢山含む正午近くを見計らって、ラベンダーは猛暑の中収穫されるの。摘み子はね、険しい斜面で腰を屈《かが》めて、まばらに生える野生のラベンダーの青い花と葉の部分を一本一本慎重に刈り取るのよ。

私はゆっくりと呼吸を繰り返し、その優しいラベンダーの香りを嗅ぎながら、ミノリの顔を眺めた。彼女は再び目を瞑《つむ》っていた。

——そうやって収穫されたラベンダーから、水蒸気蒸留という方法で精油が抽出されるのだけれど、収穫したラベンダー百六十キロから、僅か、たったの一キロしか精油は取れない。純度の高い精油がとても高価な理由はそういうわけなの。混ぜ物の入っていない純度の高い精油はね、人間の嗅覚にとっては偉大な芸術家が描いた絵画のような効果をもたらすの。心を穏やかに、ゆっくりとこのラベンダーの香りを感じてみて。

ミノリはそう告げると、静かに、空気を吸い込んだ。

——どう？　とても見晴らしのいい香りでしょう？　高原の真ん中を突っきる白い道に私は立っていた。空は果てし無く広がり、雲一つない晴れ渡る世界が広がっている。

——本当に素晴らしい精油から発せられる香りにはね、こんな風に前景もあれば、背景もあるのよ。光や影や、匂いの端々には微妙な細部もきちんと存在しているの。ね、心が落ちつくでしょう。

ミノリの声は優しく耳に届いていた。母と父が外出していない夜、よく子守歌を歌ってくれた老メイドの顔を思い出した。

——ラベンダーの精油にはね、気分の激しい揺れを鎮めて、精神のバランスを保たせようとする力があるの。この花の精油はテツシにはぴったり。不安や不眠やメランコリーやストレスにとてもよく効くの。ほら、眠くなってきたはずよ。

香りのせいというより、ミノリの声の方に催眠効果があるような気がした。思わず欠伸《あくび》をしてしまった。柔らかい香りと温かい声の二重奏が私の張り詰めていた神経をほぐしていく。アロマポットの中で燃える蠟燭の炎が、壁に揺らめく影を投げかけていた。ミノリの顔越しに私は壁で踊る炎の影を見つめていた。

ミノリを失いたくなかった。母や父のように、偽物の愛の中で生きたくはなかった。この人を本当に自分だけのものにしたかった。どうしたらそうなるのか、ただ、分からなかった。

——ラベンダーってね、とても強い生命力があるの。他のどんな植物も育たないような石ころだらけの不毛の土地にね、灼《や》き焦がす夏の太陽光線の熱も、寒い冬の気候ものともせずに、毎年新たに、青く輝く香りのよい素晴らしい力を秘めた花を咲かせるんだから。

私は彼女に聞きたかったことを、失いかけていた。ただじっと彼女の横顔を見つめ、深く沈んでいく夜を見送り続けるだけであった。

## 第四節　調和の城

### 1

翌日、私は朝食を食べている最中、ミノリにいきなり、暫く別々で暮らしたいのだけれど、と告げられた。

結局ラベンダーの香りは私を熟睡させることは出来なかった。香りに頼ろうとしすぎて、意識が匂いの粒子を追いかけすぎた。却《かえ》って神経が敏感になり、すやすやと幸福そうに眠るミノリの寝息に睡眠を妨げ続けられてしまった。

朦朧《もうろう》とした朝の懶《ものう》い気配の中で私は彼女が発した言葉に自分の耳を疑った。彼女は野菜スープを上品にすすりながら、自分が告げたことの重大さに少しも気がついていないようなあっさりとした顔をしていた。

——今度の仕事は私にとっては初めての、しかもとても大きな仕事だから、香りのプロジェクトの目処《めど》がつくまで、一人で籠もって仕事がしたいの。

理由は淡々と告げられた。悲しみよりも先に、一体全体どうしてこんなことになったのかと、あ然とした。それから、じわじわと悪夢が現実になりつつある事態にうろたえた。

らなかった。

醜態をミノリにだけは見せるわけにはいかない。苦衷を隠して顔は平静を装わなければな

——別々で暮らす必要はないと思うけどな。むしろ一緒の方が仕事がしやすいはずだ。香りと音がどう人々に影響するか、とかさ、いろいろと一緒に決めなければならないこともあるだろう。ぼくが君を政野さんに推薦したのも、二人だからこそうまく行くと思ったからなんだ。一緒に働けることを密かに楽しみにしていた……。

ミノリは私が言い終わる前に素早くかぶりを振った。まるでわがままな子供の言い訳を拒絶する母親の態度。

——ありがとう。この仕事に参加させてもらえて本当に嬉《うれ》しいわ。でも、私は私一人で考えたいことがあるの。私にとっては願ってもないチャンスだから、この仕事は私なりに成功させたいのよ。

今度は私が首を振る番だった。しかし言葉はすぐには出てこない。ミノリのやや早口な言い方の端々に、政野英二の影を見つけてしまったから。昨夜の労る心や優しさが残っていてほしいと願いながら、私は、スープ皿を見つめているミノリの目を覗き込んだ。同時に、そこに隠されている嘘も暴き出してやりたかった。

——それとも何か他に理由でもあるの？

言っておきながら、私は自分の言葉に打ちのめされた。あの夜のことを口にしそうな自

分に必死でブレーキをかけ続けた。そのことを口にしてしまった途端、逆に何もかもが現実になってしまいそうで怖かった。

ミノリは上目でこちらをちらりと覗き、どういうこと？　と言った。照れ笑いのような曖昧な微笑を口許に漏らし誤魔化してから、肩を竦めてみせる。ミノリの表情が僅かに強《こわ》張《ば》るのが分かった。

――その、一時期でもいいから、別々に暮らした方が、馴《な》れ合いになってしまっている日常をもう一度新鮮にさせることができるような気がするわ。

――どういう意味？　それ、どういうことだろう。

――私、最近の二人の関係に少し不満があるみたいなの。あなたがここのところずっと私に冷たかったでしょ。

意外な返事だった。

――分からないな。言っている意味が。

――そうかな。テツシはいつも自分中心だものね。仕事が順調だったせいもあるんだろうけど、私がテツシに優しくしてほしい時に、あなたはいつもいなかった。私があなたにいろいろなことを相談した時も、あなたは面倒くさそうにしてたでしょ。あなたにとっては下らないことでも私にとっては重要なこともあったのよ。

何か、彼女が自分のしていることを正当化しようとして、こじつけているような言い方に聞こえてならなかった。私は奥歯を嚙《か》みしめ、ミノリを睨《ね》め付けたが、逆にまっすぐな強い視線が戻ってきて、思わずたじろいだ。

——つまり、ぼくが悪いんだね。

ため息に乗せてそう呟いた。ミノリは、唇を嚙みしめながらも、そうではない、と言わんばかりに激しくかぶりを振った。

——どちらが悪いとか、そういう風に決めつけているわけではないわ。少し別々に暮らして、新鮮さを取り戻すのはどうかしら、と言っているだけよ。お互い冷静になってこれからの二人のことを真剣に考えてみてはどうか、と言いたいだけ。

結局、私は政野英二の名を口に出すことは出来なかった。もし口にして、ミノリがそれを否定しなければ、私はもっと惨めになるからだった。

ミノリは少し言いすぎたというような顔をしてみせ視線を逸らすと、私たちは沈黙に入った。政野早希の言ったことが俄《にわか》に現実になりつつあった。

2

午後、大学と共同でヒーリングミュージックを研究している音響研究所のスタジオに籠もり、癒しの中庭で流すことになるヒーリングミュージックの輪郭を考えようとした。研究所のスタジオは近代的な最新鋭の設備が整っており、大学の金銭的なバックアップによってそこを無制限で借りることができ、中くらいの規模の打ち込みスタジオが私専用となっていた。

数日中にプランを政野に伝えなければならなかった。しかし今の私ときたら、苛立ちの中にいるばかりで、ヒーリングミュージックどころか、思うようにシンセサイザーの鍵盤《けんばん》さえ叩けない有り様であった。

インジケーターライトの点滅をただぼんやりと眺めているばかりで、いっこうに作業は捗《はかど》らなかった。別々で暮らそう、ということは、別れよう、という意味と同じことではないのか。そう自分に問い掛けては、心臓の拍数が増すのを喉元で強く感じた。まだそうだと決めつけるのは早い。ただミノリは仕事が落ちつくまで暫く別々でいよう、と提案しただけに過ぎないのだ。

プライドが今やどこかへ消え失《う》せてしまったことに私は驚く。ミノリを問い詰めることさえ出来ない自分が情けなくてしかたなかった。上着を摑むと、結局仕事を放棄して夕暮れの街へと飛び出してしまった。

3

歩きながらミノリと出会った頃の思い出を反芻《はんすう》した。私たちの純粋な季節。何をしても希望に満ち、笑顔が絶えなかったあの頃。二人でこれからの人生を決めていくことへの喜び。いつもはじまりはうきうきした気分に包まれるものだ。

四年もの間同棲をしてきた。情熱的な日々を過ごし、二人は結婚をすぐに誓い合った。その結婚がどうして四年間も実行されなかったのかは、いろいろな理由がある。子供や家庭という環境にまだお互い束縛されたくなかったこと。やりのこしてきた仕事が沢山あったこと。結婚そのものに個人的な不信があったこと、など。しかし一番の原因はタイミングに他ならない。私たちはもっとも適切な時期を見過ごしてしまったのだ。

もう少し後でも結婚は可能だろうし、もっといいタイミングがあるはずだ、と二人は考えた。適切な時期が過ぎると、二人は焦ることを失い、結婚をいつかしなければならない儀礼のように考えるようになった。時々、夕食の時など、納めなければならない税金のことでも話し合うみたいに、そのことについて語りあったが、とうに真剣さは二人の瞳から消え失せていた。焦らないでしっかりと未来を手に入れよう。そんな風な尤《もっと》もらしい答えをひねり出しては、二人は結婚をいつも先送りしてきた。

ある意味で私たちはこの四年間をまるでお互いの品定めをするように過ごしてしまったのかもしれない。その時、愛はどこに身を潜めていたのだろうか。

俯《うつむ》いて歩くサラリーマンの男たちとは対照的に、なぜかこの賑やかな通りを行く女性たちはまっすぐに正面を見つめ、胸を張り、堂々と歩いている。自然に気後れする。私はポケットに手を突っ込み、別々に暮らすということの意味をもう一度考えてみる。眠るプライドを呼び覚ますように自分自身にハッパをかける。下らない。そう言葉にするが、その先が続かない。自分がまだ彼女を愛していることに気がついてしまう。愛する者を奪われる惨めな役をこれからずっと、すくなくとも癒しの中庭が完成するまでの間、私は一人で演じなければならないのだ。

繁華街は大勢の人々で溢れ返っている。歓楽街へと続く広場に佇み、何をするというわけではなく幸福そうな人々をただじっと眺めた。目を瞑ると、どこからともなく漂ってくるラジオの音楽や、工事現場の音や、笑い声などのノイズが風音に混じって鼓膜をひっかいてくる。普段は気にならない街の騒音が、今日はやたらと耳につく。

4

目は瞼《まぶた》を閉じることができるが、耳には瞼がない。音を遮断するためには、耳の穴を手で塞《ふさ》がなければならない。私は両方の手を耳にあてがい音を遮断してみる。指の隙間《すきま》から漏れる音をどうしても感じてしまう。一層両手に力を込めた。有るかぎりの力で耳を塞ぐと、脳の中に空洞が出来たような感じになる。無音というわけではない。地響きのような鈍い唸《うな》りが頭骨中を駆けめぐる。体の中に流れている血の音。血管を物凄い勢いで流れていく血。意識をその流れに合わせてみると、そのさらに奥の方からどくどくと脈打つ心臓の鼓動が微かに届けられる。それは聞こえるというものではなくイメージ。神経を集中させないと判別できないほどの微かな、聞こえるか聞こえないか、感じるか感じないか、ぎりぎりの音だ。しかしそれはゆったりと、しかも逞《たくま》しく地球の中心を打ち続けている。私は繁華街の雑踏の真ん中で、必死になってその音を捕まえようとしている。

5

手が痺《しび》れてきて、目を開けると、そこに制服姿の少女が立っていた。不思議そうな顔をして私を覗き込んでいる。両手の力を緩めると、真空状態のようになっていた耳の中に空気が流れ込んで鼓膜が膨らみ、空気銃を発射した時の、ポンという間抜けな音がした。同時に世界の裏側に押し出されてしまったような感じを受けた。

——何をしているんですか?

再び街の騒音が私を包み込む。どこか遠い別世界からの帰還者のごとく、私は暫く記憶の中の自分を探さなければならなかった。

——こうして耳を塞いでいると、雑念が消えて、楽になるんだよ。

少女は笑う。

——疲れているんですね。

制服という装置がその場に妙に合っているのが新鮮だった。歓楽街の入口で、女子高生に声を掛けられたことの不思議さ。自分が生きている世界からもっとも遠い存在、しかしこれもまた確かな世界の入口であり、明らかに生の手触りであった。

——さっきからずっとここでさ、ぼんやりと立っているんで、気になってたの。

女の子の罪のない笑顔の裏側に何か不穏な気配を感じてならない。彼女の背後に歓楽街の入口が見えるせいかもしれない。この少女の佇まいは、行き来する大勢の若者たちの雰囲気と少しも変わらないのに、そこに奇妙な罠《わな》が仕掛けられている気がしてならない。

——ねぇ、お兄さん、私の下着を買ってくれませんか？

少女は声を潜め、しかし顔色を少しも曇らせないままに、そう告げた。ふいに、女の子のまだ成熟しきれない肉体が制服を突き抜けて迫ってくるような気がした。私は首を振った。そんなことはできない、とでもいわんばかりに強く。本当は下着を買ってもいいような気がしていた。欲望もないまま、その下着をまるで核爆弾のスイッチのように、ポケットにそっと忍ばせて歩くのも悪くないような気がしたのだ。

女の子は、残念、と屈託なげに呟くと、あっけないほど簡単に背を向け歩きだす。突然現れ、突然消えていく少女に、触られた心の触感だけがやけに生々しくいつまでも私の中に残って消え去らなかった。

## 6

週末、私は政野英二の事務所を訪ねた。アトリウムの基本設計がほぼ完成したことを受けて、配置するスピーカーの位置や、音の反響や吸収などについて細かな打合せをする必要があったからだ。

政野は穏やかな表情で私を出迎えた。彼が微笑めば微笑むほど、歯がゆいほどの嫉妬《しっと》が私を襲う。同時に、自分が成熟しきっていないことにも腹が立った。どんな事態になろうと、冷静にならなければ惨めになるだけだ、と自分に言い聞かせた。

——なんだか、顔色が冴《さ》えないね。

政野の言葉に、慌てて笑みを拵《こしら》えようとしたが、口許が引きつるだけでうまく笑うことができない。

——ここのところ、仕事以外でもいろいろと大変なんです。

言うと、彼は、うん、と小さく頷いてみせた。私たちは会議室に移り、彼が広げた設計図の青焼きを見つめる。細かな線が美しい配列で淡いブルーの紙の上を交差し、まるでダダイストが描いた抽象画のような繊細さを見せつけた。

——癒しの中庭を作ろうとしている者が疲れてはいけないね。私たちは力を合わせて、この偉大な建築物を世に送りださなければならないんだから。

私は頷き、それから視線をテーブルの上の基本設計図へと逃がした。

——みんな疲れ切っている。しかし巨大ビルディングの中ですしづめになって働いている人々はきっともっと疲れているだろう。彼らに必要なのはアメニティだよ。会社員一人一人が人生の中でもっとも長く過ごさなければならないのがオフィスなんだ。だからこそそのオフィスが当然生活空間化する必要がある。このビルの基本理念はまさにそこだ。

政野英二は青焼きの丁度中間の辺りを指で示した。

——機能だけではなく、生活を考慮しなけりゃ。特にアトリウムは、コミュニケーションやリフレッシュ、時には思考やアイデアの供給の場として活躍することになるだろうね。見てほしい、丁度今日二百分の一の模型が出来上がったところなんだ。

政野英二は模型を隣室から机の上に持ってきた。箱型の模型は発泡スチロールとプラスティックの板で作られた簡単なものだった。

——建築面積約五千平方メートル、延床面積三万平方メートル、建ぺい率六十二・五%、容積率三百三十・二三%、階数地下一階、地上六階、構造鉄骨鉄筋コンクリート造、施工期間約二年、入居人員約千名、執務面積一人平均約十平方メートル……。

簡単にビルの概要を説明した後、政野は模型のトップライト部分を取り外してから私に中を覗くようにと目配せした。

——アトリウムは平面形約三十メートル×六十メートル、高さ約三十メートルの吹き抜け空間だ。天井部には全面にわたって透明硝子《ガラス》で出来ているトップライトがある。ここから差し込む自然光が、アトリウムを囲む形で作られた各階のオフィスをまるで屋外のように演出するんだ。

政野はアトリウムの床部分を指で弾《はじ》いた。

――アトリウムの床は大理石本磨き、壁は、アルミ有孔リブ付スパンドレル焼付塗装、で出来ている。差し込んだ自然光はこの壁や床にも美しい光の影を落とす仕組みになっている。夏の夕刻なんか、きっとリゾート地のような気分になるだろう。

私はビルのアトリウムに立っているような感じを想像してみる。

――アトリウムの空間を演出するのは光だけではない。植栽と水が重要な役割を果たしているんだ。樹木はね、亜熱帯の中高木が約二十種四十本植わっている。それを取り巻くように観葉植物がバランス良く添えられる。水はね、エントランスに近いところに円形の池があって、そこから階段状になった水路が流れているんだ。池には噴水があってね、これはアトリウム内の騒音をマスキングする効果を持っているんだよ。

誇らしげな目である。私にもその喜びを分け与えようとしている君主のような威厳に満ちた目つきであった。

――ここで君の音楽がアトリウムに命を与えることになる。

政野英二がそう告げたので、私は即座に、ミノリが担当する香りのことを忘れてはいけません、と告げた。

――勿論だとも。香りと音のハーモニーこそが、この癒しの中庭に息吹《いぶき》を吹き込むことになるんだからね。

微笑みあったが、お互いの腹と心の中が調和していたとは思えなかった。政野とミノリがどれほど心を通じ合わせているのか気になって仕方なかった。自分が太刀打《たちう》ちできる相手ではないことを悟っているせいか、嫉妬は静かに血液の中で煮立っていった。

早希の言葉が頭の中に蘇る。

『阻止するのよ』

急に私の中で何か得体の知れない悪意がそそり立ってきた。それは肉体を背後から千の鋲《びょう》で刺してくる。悲鳴をあげそうになるのを心の内側に隠さなければならなかった。

――特注の防水型のラウドスピーカーは全部この中高木の根元の観葉植物の茂みに隠すことになる。人に見える場所には置かないんだ。音楽はどこからともなく自然に溢れ出てこなければならない。

政野英二は青焼きを再度指さし、スピーカーの埋め込まれる場所を示した。暫く彼の指先を追いかけていたが、私が見ていたのは青焼きの図面ではなかった。政野英二の太い指の先端にある丸く削れた爪だった。

――一つお願いがあります。

私は、ミノリを奪わないでほしい、と言いかけて慌てて言葉を変更した。

――クライアントである広告代理店の社員全員に、アンケートを取って頂きたいのです。

――アンケート?

鞄の中から、質問事項を箇条書きに記したアンケート用紙を取り出し、政野英二の前に差し出した。一つ一つの項目は、全社員の音楽的趣味やライフスタイルまでにも言及する細かい内容になっていた。

——予備調査を行う必要があります。アトリウム内に音楽をのべつまくなしかけるわけにはいきません。有効な時間に効率良く流す方がいいでしょう。一日の中で必要な時間が必ずあるはずですから。全社員の行動や趣向、または特性を調べて分析する必要があるんです。どんなタイプの音楽が好きか。いつも何時頃仕事の能率が低下するか。或いはいつも何時頃休憩を取りたいと思っているか。など、社員の音楽に対する感じ方を調査して、それを参考に曲作りをしたいと思っています。

政野英二はそれにゆっくりと目を通した。

——なるほど。面白い。

——千人からの社員がいるわけですから、ある程度コンセンサスを取らないと、年齢差や趣向の違いも意識しないと。どんな音楽をいつ流すかもタイミングが難しい。

政野は、分かった、すぐにアンケートを取ろう、と隣室にいるアシスタントを呼びつけ早速指示を出した。てきぱきと作業を進めていく政野の仕事ぶりに私は、ミノリが好意を抱いたのはこの男のこんな部分だったのだろうか、と想像した。アシスタントが会議室を出て行くと、彼はゆっくりと私の方へ向き直った。世界中の光を受け止めているのか、と思いたくなるほど、彼は凛然《りんぜん》としてそこに在った。比較してはならない、と思うけれど、どうしても自分と比べてしまう。愛や恋は、常に比較から始まるものであり、奪われたり、奪ったりするのもやはり比較がはじまりなのである。気づかれないようにそっと俯き、苛立つ気持ちが落ちつくのを静かに待った。

——この音楽が、ミノリさんが担当する香りの部分とうまく調和すれば、効果はもっと大きくなるだろうね。

政野英二は私の肩を叩き、何度も言うが大切なのはハーモニーだ、とまるで口ずさむように告げた。

——調和こそが、このプロジェクトの一番重要なテーマだ。

# 第五節　感情の轍《わだち》

## 1

政野は打合せが終わると、私を飲みに誘った。六本木の防衛庁のすぐ近くにある秘密クラブめいたバーは、洞窟《どうくつ》のような造りをしており、中が幾つもの穴蔵に分かれていた。私たちは一番奥の小さな二人用の穴蔵で向かい合い、蠟燭の炎という前時代的な演出効果の中、ウイスキーのグラスを傾けあった。

ミノリに別々に暮らそうと持ちだされたことを、何度も口にしかけたが躊躇《ちゅうちょ》した。自分がこんなに苦しい思いをしているんだと訴えたかったのだろうが、自ら負けを認めるようなことは結局出来なかった。

吐き出したい気持ちをアルコールとともに幾度となく飲み込んだせいで、私は三十分もしないうちに酩酊《めいてい》してしまった。ミノリのことはほとんど話題には上らなかった。話がそちらへ擦り寄っていくと、どちらからともなくその話題を避けるのだった。

代わりに私たちは母校の思い出を語り合った。最初は共通の教師の悪口からはじまった。それからブラスバンド部の顧問のスキャンダルと自死に話が移った。その顧問が手を付けた私の同級生は、政野のよく知る少女だった。

――あの子はね、両親が幼い頃に離婚したせいで、父親とはずっと別々に暮らしていたんだ。それで年上の男性に憧《あこが》れを持っていたんだな。つまりファザコンだった。斉藤先生はそれを知らなかった。

政野はそう言い、笑った。私は笑えず、杯をあおった。

――先輩があの子と関係を持ったことが、斉藤先生の死を誘ったという噂《うわさ》がありますが。

酔った勢いを借りなければ言えないことだった。心の中に大きな嫉妬の悪意を持っていた。それは肺の中を真っ黒に汚し、呼吸を苦しくさせて、一方気を大きくさせた。

政野は、ふん、と鼻で笑った。彼もまた、私ほどではなかったが、酔っていた。記憶を反芻するかのように、暫く蠟燭の炎を瞬《まばた》きもせず睨め付けていた。

――そうか、そういう噂になってたんだ。

――先生との関係を知っていてあの子と寝たんですか？

寝た、という自らが発した響きに腹がたった。そういう下品な言葉を口にしなければならない、ひ弱な自分に。政野はグラスの中のウイスキーを一気に呷《あお》った。

――練習を覗きにいくうちに顔見知りになり、といっても最初からこっちには下心があったんだがな。

――人気がありました。可愛かったものな。

――君も好きだったのか？

　私は力なく首を振った。ミノリの顔が頭を過《よぎ》る。アルコールのせいで、脳味噌《のうみそ》が頭蓋骨《ずがいこつ》の中でプリンのように揺れている錯覚が起きた。揺れているのは脳味噌ではなく、この世界の方かもしれない。壁も卓も穴蔵の中を行き交うウエイターたちも全てが蠟燭の炎の瞬きのようであった。確かに在ると思われている世界や、この地球が、実は真空の宇宙にぽつんと浮かんでいることを忘れて、世界中の人間は生きてきた。私は不意にこの世界ほど不確かなものがないことに気がつき、思わず椅子《いす》を摑んでしまった。

――あの先生と付き合っていたとはまだその時点では知らなかったんだ。そのうち、つまりあの子と深い関係になっていくうちに、いろいろなことが少しずつ分かっていった。彼女がなぜ、あの年寄りを好きになったのか、という理由についても。

　今度は政野の言った「年寄り」という響きに腹が立った。記憶の中にあるクラリネットを吹く同級生のうつむき加減な顔つきを思い出し、もう一度腹が立った。その子にこっそりと好意を寄せていた自分にも……。

――先生の死と同時に、ぼくらの仲も終わった。それだけだ。

　私の目の前で揺れる蠟燭には香りがあった。蠟の燃える油っぽい匂いは鼻孔を静かにくすぐった。何かに似ている。全く違うものなのに、精子の匂いとそれが重なる。あらゆる業《ごう》を押し込めてしまったような濃厚な香り。

何かが私の魂に引火し、爆弾を炸裂させそうになった。気持ちを必死で抑え、代わりにウイスキーグラスを力のかぎり握りしめた。政野が寝た少女に私は恋心を打ち明けたことがあった。勿論恋が実ることはなかった。まだうぶだった私にとって、彼女は初恋の人でもあった。好きだ、というただそれだけのことを、何度も練習して彼女の前に出掛けていったのに、くすくすと笑われ、すごすごと退散してしまったのだった。なのに彼女は政野の前で、私と同じように小羊と化した。そのヒエラルキーの不平等に、私はいつも、今も、苦しめられているのだ。

——それだけか。簡単なもんですね。

政野は私の吐き捨てるような語調に顔を上げた。

——お前、あいつが好きだったのか。

まさか、と言い私は静かに首を振ってから、私が好きなのは、過去も未来もミノリだけです、と付け足した。

## 2

政野夫婦と私たちが四人揃って再び夕食をともにしたのは、ミノリが新しい部屋を見つけてきた丁度その日のことである。二四六と表参道が交差する四つ角の古びた交番前で私はミノリと待ち合わせた。午後から、不機嫌な空模様へと変わり、突風が路上を横切って歩行を妨げた。レストランへの道すがら、ミノリは引っ越し先の部屋の間取りについて、まるで生まれてはじめて一人暮らしをする女学生のように陽気に語り出した。

私の感情のささくれの荒野は、ミノリと出会う前よりも酷い状態になっていた。青山にあるロシアレストランは、政野早希がよく利用している店のようで、予約は彼女の名前でなされていた。

私たちは表向き穏やかさを装っていたが、少なくとも私と早希は同憂として結託しており、微笑みあいながらも、時々視線で合図を送りあった。そうとは知らず、政野英二はいつもよりも饒舌《じょうぜつ》に「癒しの中庭」の展望を私たちに、というよりは私にはそれはミノリに向かって語っているようにしか聞こえなかったのだが、やや上気して、陶然と、どこか子供っぽく話して聞かせたのだった。

私はそこでまたミノリと政野英二とが親密に見つめ合う瞬間を見つけた。しかしその視線の触れ合いも、前回よりはずっと自然で、まるで二人の関係が、あるしっかりとした円熟期を迎えたかのような印象を持った。

アルコールが四人の緊張気味の心をほぐしはじめた頃、ミノリが、そうだ、お話ししておかなければならないことがあるのですが、と何か宣言でもするみたいに告げた。

――私たち暫く別々に暮らすことにしたんです。

彼女の言葉が放った衝撃は、まっさきに私の虚《うつ》ろな心を貫いた。いずれは知らせなければばならないことだとしても、まだ部屋を決めたばかりのその日に、しかも四人が揃っている瞬間を狙《ねら》ったかのようなタイミングで彼女が別居について言い放ったことには、ただただ驚愕するしかなかった。

どうして、と政野英二は、ミノリにではなく私に聞いてきた。私は瞬間顔を赤らめ、次に顔から血の気が引いていくのを覚え、肩を竦めてみせるしか出来なかった。

それからミノリを見た。言いだしたのはお前だ。お前が説明するべきだ、とそんな顔をしてみせるのが精一杯だった。

——仕事のことだけを暫く考えていたかったから。二人でいるとどうしても甘えあってしまいそうだったからです。

なるほど、と政野英二は頷き、早希は、鼻息を零した。私はまず早希を見て、沈み込む表情に不安を抱き、それから政野英二へと視線を移した。

——君はそれでいいのかい？

政野は尤もらしく私に向かって言い、私はもう一度早希の方を見た。救いを求めたわけではなかったが、同盟国がどんな反応を示しているのか気になった。きっとすがりつくような私の視線を哀れだと思ったに違いない。私に代わって早希が答えた。

——ミノリさんが別々で暮らしたいと言ったのなら、哲士さんがとやかく言うことではないでしょう。二人は結婚するんだし、信頼があるからこそ、暫く距離をおいてお互いを見つめ合おうとしているんだと私は思うわ。

政野は頷き、ミノリは頷かなかった。ミノリが一瞬政野の顔色を窺うような素振りをしてみせたのを私はまたも見逃さなかった。

もし本当にミノリが政野を好きになったのなら、私は別れるべきだ、とその時直感した。愛を引きずるのはよくないことだということは分かっていた。ましてやミノリは今までも思った通りに生きてきた強い女だ。私がとやかく言って感情を変化させるような女ではない。そして私はそんなミノリのミステリアスなところに惚れていたのだから。

嫉妬をくい止めることができるだろうか。

心の奥底でぐつぐつと煮立つ嫉妬心に私はもうどうすることもできずにいた。

——私たちにもそういう時期があったわね。一時期別々で暮らしたわ。

穏やかな口調で、政野早希が夫に向かって告げた。

——ああ、あった。でも、彼らの場合とは少し違うんじゃないか。

政野英二が否定すると、早希は、そうだったわね、と呟いた。

——あの時は、あなたが若い女の子を好きになって、別々に暮らそうと言いだしたんですものね。

ミノリは政野の顔を覗き込んでいたが、政野の目許が燻《くすぶ》り、彼の視線がテーブルの上に落ちた。気まずい雰囲気が四人の間、いや政野とミノリの間を暫く漂うのが分かった。

奥まったところにある小さな舞台の上でロシア人の演奏家がバラライカを奏ではじめる。しかし音楽が、私たちの間にうずくまる気まずさを癒すことはなかった。四人は感情のささくれをそれぞれ隠して、用意されたメインディッシュをおとなしくつつきはじめるのだった。煮込んだ肉から溢れる肉汁の赤い血の色が、悲しくも美しかった。

3

私はミノリに連れられて、彼女が借りた新しい部屋を見に出掛けた。代々木公園まで歩いて十分ほどの閑静なお屋敷街に、彼女が見つけた瀟洒《しょうしゃ》な低層マンションがあった。ミノリの部屋は三階建てのマンションの二階部分で、東南角に位置する。がらんとした部屋にはまだ家具は何もなかった。そのせいだろうか、ワンルームだというのに広々とした印象があった。ミノリは、素敵なお部屋でしょ、と窓を開けながら言った。スリッパがないせいでフローリングの床の硬い感触と冷たさに足先がひんやりとし、それは私の感情にも達した。

――どれくらい一人で暮らすつもりなの？

窓の外には遠く木立の上に放送センターが僅かに見える。東京にしては広がりのある景色。この景色が気に入ったの、と彼女はまず呟いた。それからゆっくり振り返ると、じっと私の目を見つめ、小さな声で質問に答えた。

――それはあなた次第だと思うわ。

――ぼく次第って?

――テツシが昔のように優しさを取り戻してくれたなら、私はまた暮らすかもしれない。

入口付近の壁に背をもたせ、ポケットに手を入れたまま、まっすぐにミノリを見つめていた。ミノリは新しく購入する家具の寸法を測るために部屋の中を何度も行ったり来たりしたが、その横顔からは未来に対する期待しか読み取れなかった。

差し込む光が室内の半分を白く浮き上がらせている。残り半分は影になって暗く沈み込んでいる。私はその暗がりの方に隠れ潜む臆病なトカゲだった。

――もう二度と二人は一緒に暮らすことはないような言い方だな。

力のない声で問うと、ミノリは再び優しさ、それは完全に作られたものだったが、を取り戻しては微笑んでみせた。

――それは、何度も言うようだけどテツシ次第なのよ。あなたが出会った頃のように私を包み込んでくれれば、私はまたテツシとやり直せるかもしれない。

体を起こして、ミノリに迫る。

――ぼくには分からないんだ。つまり出会った頃と少しも気持ちに変化がない。確かにかつてのように四六時中、君にべったりくっついて愛を囁いたりはしなくなったかもしれない。四年も交際しているんだ。空気のような関係になってこそ、本当の意味で通じ合えているのだと思っていた。だから君に別々で暮らそうと言われるまで、二人の仲がそれほど危機的な状況だとは思ってもいなかった。いや、今だって狐《きつね》に摘まれたような状態なんだ。

――私は生きている人間なのよ。空気のような関係なんて嫌だわ。いつだってどんな場所でだろうと、愛している、と囁いてほしいの。いえ言葉なんかどうでもいい。愛されていると感じていたいのよ。情熱が見えないのは、愛とは言わない。何十年も一緒に寄り添った老年の夫婦なら別だろうけど、私たちはまだ四年しか付き合っていないのよ。テツシは人前で手を繋《つな》ぐのも恥ずかしがるじゃない。出会った頃は出来て、今は出来ないというのは、それだって心変わりではないのかしら。私が欲しいのは、ただの変わらない愛なのに。

暗がりからミノリを見つめた。彼女はまだ四年しか経っていないと言い、私は四年も経っていると感じているのだった。彼女は私が豹変《ひょうへん》したと言い、私は自分が借りてきた猫のようだと感じる。彼女は愛がないと訴え、私は愛が豊富にあったと錯覚していた。

二人は眩《まぶ》しい光の中に浸っていた。二人の間は物理的に言えばわずかに二、三メートルほどの距離しかないにもかかわらず、私はその僅か、たった、それっぽっちの、一歩が踏み出せないでいた。

――失いたくないいんだ。

――それは私も同じ。でも、今のままでは長続きしないのも見えている。

――もうぼくを愛していないのかい？

ミノリは躊躇わず小さく、ええ、残念だけど今はテツシを愛していないわ、と告げた。

そこには気遣いなど微塵《みじん》もなかった。言葉は消え、はっきりと愛の終焉《しゅうえん》を悟った。

## 4

帰り道、私たちは代々木公園を突っ切った。木々が青々とその欲望と生命力の限りを尽くして空に向かって伸び開いている。踏みいるたび、都会の中に、これだけの緑があることに驚いた。

付き合いだした頃はよくここを散歩したものだった。あの頃、代々木公園は愛を確かめ合うオアシスであった。なのに今は、違って見える。

ミノリは黙ったまま、日溜まりを探しながら歩いていた。二人の間には明らかな溝が出来ており、それは一歩を踏み出すたびに益々《ますます》開いていくようだ。

かつてのように、二人は公園の広々とした芝生の上をどこまでもどこまでも歩いていった。しかし途中から彼女は少しずつ私から離れてしまった。ミノリは何かに呼び寄せられるように歩調を早めていく。しかも軌道をそれた人工衛星のようにもう修整できない方向へと落下していくかのよう。いや、それはむしろ私の方だ。私の中の推進システムには根本的な欠陥がある。エンジンは錆《さ》びて止まりかけている。

後を追いかけるだけの気力が残っていなかった。私の歩幅がどんどん縮まっていく。いつだって気力が欠けているのだ。公園の中ほどで立ち止まってしまった。

ミノリの後ろ姿を見つめた。背筋を伸ばし、堂々と歩いていく。いつからたった一人で荒野を歩けるようになったんだろう。あんなに助け合って歩いていたのに、君はいつからそんなに立派な歩みを覚えたのか。いつ少女から大人の女へと成長してしまったのか。

彼女が何に向かって歩いているのかが気になった。彼女には見えて私には見えない何かが公園の森の先にあるような気がした。

## 5

夜、私たちは一つのベッドでいつものように横たわっていた。もうじき、このベッドで一人で眠らなければならなくなる。そう思うとなかなか寝付けなかった。彼女が横にいるのに、まるで他人と同じベッドで寝ているような空虚感だった。ミノリという壁際で寝返りを打とうとするのだが、体が冷えすぎていて動かなかった。狭い場所でもぞもぞしていると、神経はさらに波うち、勝手にため息が零れ出てしまう。

——眠れないのね。

ミノリは昼間とは打って変わって、穏やかな口調でそう告げながら起き上がると、白い陶器で出来たアロマポットの蠟燭に火を灯《とも》した。

――今日は、精神的、肉体的な緊張をほぐすために、……クラリセージを二滴、……ベチバーを一滴、そして……レモンバームを四滴。さあこれで楽になるはずよ。

彼女はベッドに戻ると、再び私の隣に横たわった。

昼間、愛していない、と言われたことが頭の骨の裏側にしっかりと定着して動かなかった。愛していない、ということの意味を必死に考えてみる。愛していない、とはいったいどういうことなのだろう。

愛していないと何が変わるのだろう。愛していなくとも、こうして一緒に寝ることはできる。愛していなくとも一緒にご飯を食べることはできる。愛していなくとも一緒に話し合うことはできる。愛していなくとも一緒に笑いあうことはできる。愛していなくとも一緒に映画を観に行くことはできる。愛していなくとも、なんだって出来るのだ。では愛しあっているのとどこが違うのだろう。愛していなくとも、セックスはできる？

――昼間の言葉が頭の中で固まって苦しいんだ。この香りで、それがほぐれるかな。

ミノリはこちらを向き直り、私の手を握りしめた。冷ややかだが、つるりとした、陶器の表面のような手……。

――必要以上にあなたを傷つけたことは謝るわ。でもね、私もあなたと同じようにずっと苦しんできたのよ。

ミノリは言うと、私の手を彼女の胸の上にあてがった。愛していないと言った恋人の肉体は、虚無感で出来た張りぼての人形のように思えた。

私は毛布を剝《は》ぎ、起き上がると、ミノリを見下ろした。少し驚いた様子だったが、ミノリは抵抗はしなかった。彼女の手を押さえたまま、その唇に吸いついた。愛していなくともキスはすることができるのか。

半分開かれたままの状態の唇はひんやりとして死体に口づけをしているようだった。しなだれたままのミノリを抱きしめ、何度もキスをした。私の唾液《だえき》だけが、彼女の顔を汚しているような気がして後ろめたい気分に包み込まれていく。どんなに力を込めても、激しく彼女の肉体を弄《いじ》ろうとも、ミノリはだらりとしたまま一向に応じようとしなかった。ただ拒絶もしなかった。私の心が落ちつくまで、自分の肉体を貸し与えているといった応じ方だった。黒い瞳だけがまっすぐに哀れな私を見つめ返してくる。

これが、愛していない、ということなのか。

彼女のパジャマのボタンを一つ、二つ外したところで、私は動けなくなってしまう。温かい液体が目と目のあいだを濡《ぬ》らしたので、それをミノリに感づかれてはならないと、急いで彼女から離れ、壁側を向いてしまった。

つい数週間前に抱き合った時とは、別人のような変化がミノリに起こっていることが私を強張らせる。何度も何度も濃厚に愛し合った肉体なのに、既に彼女の心が自分から離れてしまっていることを確認しただけであった。昼間の言葉は現実となり、容赦なく私に襲いかかってきた。

ミノリはもう何も言わなくなり、壁の方を向いて眠ってしまった。

暫くしてふと鼻孔に香りを感じた。精油の甘い香りだった。私はゆっくりとその匂いを吸い込み、一番美しかった時期を思い出しながら、今度はもう一度、ゆっくりとそれを湿った胸の中から吐き出した。

6

ミノリの引っ越しを私は手伝わなかった。いや手伝うことができなかった。

――運送屋さんが全部やってくれるから大丈夫。

彼女はそう言って私を拒絶した。夕刻、馴染みのイタリアンレストランへ出掛け、一人で食事をすませた。それから家には戻らず音響研究所へと向かった。研究所の中にあるスタジオに籠もると、シンセサイザーを動かし、作曲の続きに着手した。

一切のことを忘れて、音楽に身を委《ゆだ》ねようとした。心が勝手に様々なことを思い出しては、時々ふいに痛み出すと、わざとボリュームをあげて鼓膜を塞いだ。大音量の音の渦に自分自身の身を任せてみた。ぼんやりとした不安が音と戦っている。

『大切なのはハーモニーだよ』

政野英二の声が聞こえた。不快になり、私はわざと鍵盤をめちゃくちゃに叩き、不協和音をだしてみた。統一されたボイシングが崩れ、ディスコードした音の束がスタジオを埋め尽くした。

調和の保たれた和音を不快に感じる瞬間が多くなった。綺麗に整頓《せいとん》された予定を超えない美しさの中に浸っていることが苦痛に思えてならなかった。テープから流れ出るヒーリングミュージックの試作曲の上に、唾《つば》を吐きかけるような乱雑な音を叩きつけてみた。狂ったテンションを重ねて、音を濁していった。そうすると何故か心が落ちつくのだ。

著書『ヒーリングミュージック・癒しの旋律』の中で、調和こそが、人間の心を癒す一番の方法だ、と私は記していた。しかし今、私の痛んだ心は乱れた不調和な音に安らぎを感じて仕方なかった。

7

狭いベッドの中で四年ものあいだ、ともに寝起きをしていた者が突然いなくなるということは頭で想像していた以上に悲しみを連れてくる。彼女の不在が、居たたまれないほどに惨めさを伴って押し寄せてくる。何故、こんなことになってしまったのかと、再び一から考え直してみるが、自分が政野英二にミノリを紹介してしまったことがそのきっかけなのではないかと、後悔ばかりが沸き起こった。

いや、そうではない。ミノリはもっと以前から私に不満を抱いていたのだ。政野はそのきっかけに過ぎない。

ミノリのことを忘れて、この仕事からも手を引こう、と一瞬考えてみる。こんな精神状態で、癒しの中庭作りに参加し続けることなどできない。しかし、まだミノリが政野英二と何か不吉な関係を持ったというわけではない。彼らが愛し合う可能性を否定できないのは事実だが、まだ最悪の結果は何も生まれてはいないのだ。ただ、予感が先走っているに過ぎない。落ちつかなければ、と自らに言い聞かせた。

必要なのは、時間と忍耐ではないのか、と私は夜を徹して一つの答えを導き出した。不幸が、ちょっとした何かを境に希望に変わることもある。太陽が昇ると、また朝が訪れるのに似て。

昨日とは違う、もう一つの一日のはじまり。カーテンの隙間から差し込む光のきらきらと眩《まばゆ》い幾つもの筋を見つめながら、私はくたくたになった状態でやっと少しだけ眠りに落ちることができた。

# 第二部　空間

# 第一節　沈黙の塔

## 1

空間について。

私たちは常に空間を必要としている。目が覚めるのは空間の中であり、仕事をするのも空間の中で行われる場合が多く、空間の中で議論し、空間の中で食事をする。

空間を様々な点の間にある関係の総体と定義づけるとしよう。任意の四つの点は、私、ミノリ、政野英二、政野早希である。そしてこの四つの点の間に存在するものこそが空間なのだ。空間にはいろんな概念がある。数学的空間もあれば、現代物理学による四次元という抽象的な空間もある。宗教的な空間は言わないまでも、性的な空間というのも忘れてはならない。古代ギリシャ以降の哲学的空間、言語的空間、或《あるい》いは政治的、経済的な空間。しかし私がもっとも関心のある空間は、この四人が生み出した感情が交差する愛憎空間に他ならない。

空間と呼ばれるものは必ず、その境界によって知覚される。限界の全くない空間など存在しえない。その時私たち四人は、この空間における境界である。私たちが、私たちを知覚しようとすればするほど、私たちの間に横たわる空間は激しく存在するのだ。

## 2

感覚を理論的に最初に区分したのはアリストテレスである。その古典的な区分によると、感覚とは、視覚、聴覚、嗅覚《きゆうかく》、味覚、触覚からなっている。ジェイムス・J・ギブソンはこれらをさらに細かく分類してみせた。見る体系、つまり視覚のことであり、聞く体系、つまり聴覚のことである。味覚と嗅覚の体系、基礎的な方向感覚の体系、そして圧迫感、熱感、痛感、動感らを含む触覚の体系、といった具合に。

私が空間を知覚しようとする時、もっとも役立つのがまず視覚であろう。しかし視覚だけでは完全に空間を把握することは難しい。

私はかつて学生の頃、イタリアを放浪したことがある。ローマの中心部において古代ロマンに浸れるもっとも適した空間がフォロ・ロマーノである。フォーリ・インペリアーリ通りとカブール通りの交差点近くに入口がある。交通量の甚だ激しい通りから一歩その地域に足を踏み入れると、そこには、かつてカエサルやアントニウスが思索に耽《ふけ》っては闊歩《かっぽ》した古代都市が広がっているのだ。紀元前六世紀に行われた大下水溝、クロアーカ・マクシマの建造は世界史においてもかなり重要なもので、これによって湿地帯は公共広場（フォロ）へと発展していくのである。

入口を入ってすぐ右手に広がる列柱跡から喚起させられるイメージに私は最初の一撃を受けた。バジリカと呼ばれる集会堂の跡や、カエサルやサトゥルヌスの神殿跡、途中で折れた円柱や、途切れ途切れの柱廊など、私の想像力は視覚によってまず独り走りをしてしまう。頭の中に古代ローマのイメージがどんどん積み上げられていくのだ。日本人である私がまるで古代ローマ人にでもなったような気分になる。それに拍車を掛けるのがローマ市内をそよぐ風であり、その空間そのものが持っている落ちついた気配と佇《たたず》まい、さらには街の方から聞こえてくる環境音なのである。それらの相互作用によって私は紀元前のローマと完全に繋《つな》がってしまう。

私はフォロ・ロマーノの中心に立ち、その空間全体を意識し、想像する。空間は私たちに限りあるものの美を伝えてくるだろう。現代ローマのど真ん中に時間を超えて古代へと連結している空間が存在していることに私は感動したものだった。

伝統的でかつ広大な敷地を持つ神社の境内を歩く時もこれに似た感じを覚える。鳥居から社殿までの計算された美の空間に足を踏み入れた時、耳をくすぐる様々な環境音たちが私の知覚の先入観を変える。それから、どこからともなく漂ってくる日向臭《ひなたくさ》い匂いや周辺を包み込む森の香り、或いは、広大な敷地ならではの静寂といったものによって一層イメージは広がるであろう。歴史的背景の全くない外国人が訪れるならば、日本人とは違った歴史的経験の影響により、さらに異なった感慨や想像や刺激を覚えるはず。

足の裏は、石の硬さに普段感じることのない異質な触感を知覚し、階段の昇り降りによって当時の人々の信仰を知覚し、風が吹けば、冷ややかな清涼感さえも感じる。人によっては瞼《まぶた》の裏側に古代人の姿を思い浮かべる人もいるはず。私たちは五感と記憶とによって空間を感知し、その広さや高さや奥行きや境界までも理解することができるのだ。

私は今、私という一つの境界から、三方を同時に見つめている。この四つの境界の間に存在する空間を、五感を総動員して知覚しようとしている。

## 3

ミノリと再会したのは、別々に暮らすようになってから二か月ほどが過ぎた頃のことだった。設備のエンジニアを交えて、香りとヒーリングミュージックとの兼ね合いについて認識を調整しなければならないことがあった。

政野の設計事務所の会議室で久しぶりに会ったミノリは、どこか自信を回復した晴れ晴れしい顔をしていた。前に一度会ったことのあるアロマテラピストの友人をアシスタントに連れていた。私も助手の葛西《かさい》を同席させていた。私たちは円卓を囲みながら、資料を交換しあい、意見を出し合った。

二か月ぶりであるにもかかわらず、ミノリはついさっきまで会っていた者のような穏やかな顔をしていた。会話に普段と変わった様子もなく、電話で話すようないつもの口ぶりであった。

一週間おきに、ミノリの方から近況報告に近い電話があったが、暫《しばら》く距離をあけた方がいいと思い、私の方からは連絡を入れてはいなかった。見たところ変わった様子はなかったが、遠くに離れて座っている彼女と私の間には、一方的な壁とでも呼ぶべき距離ができてしまっていた。こちら側に問題があるのは確かなことで、私が普通に彼女に接すれば、ミノリの方から拒んでくることはないはずだった。向こうは努めて普通に接しようとしていたが、私はどうしてもぎこちなくなってしまうのだった。

意見を言うミノリの顔を盗み見るようにちらちらと眺めた。彼女がはきはきと自分の意見を主張するたび、後ろめたい気持ちになった。

——大切なのは、音と香りの相乗効果なのだ。人間の五感に作用させて、アメニティの向上を図るのです。

政野英二がパネルに描かれたアトリウムの空間図を見つめながら告げた。それから香りと音のチームがそれぞれ現在までの作業の進行状況を説明した。

私は香りが実際にどのようにアトリウム内に噴霧されるのかを訊《たず》ねた。音楽との割合を含め、そのシステムがどのようになっているのかを知っておく必要があったからだ。設備のエンジニアが立ち上がり、会議室の奥に置かれていた箱型の模型を指さした。

――これは、コンピューター制御型の香り噴霧装置の試作一号機です。まだまだ研究段階なのですが、これを一台アトリウムの空調システムの根元に設置すれば、後は空調が香りを勝手にアトリウム内にばら蒔《ま》いてくれるというわけです。

そこまで具体的に作業が進んでいるとは思ってもいなかった。男は模型の蓋《ふた》を開けた。中には薄茶色のガラス瓶が十本取り付けられている。

――この瓶の中は精油です。ラベンダー、ローズマリー、レモングラス、サンダルウッド等約十種類の精油が入る予定です。コンピューターに前もって入力したデータをもとに、噴霧パターンを選んでいくのです。この十種類の精油を利用して約三百パターンの香り環境のヴァリエーションを出すことが出来ます。勿論《もちろん》、特別な状況が起こった場合などは手動でも調整、調合することができます。

今度はミノリが男に代わって口を挟んだ。

――このアトリウムに関して、精油をどの組み合わせで混ぜ合わせるのがベストかは正直言ってまだまだ研究の段階なんです。例えば、社員の集中力を高め、共同作業を助けるような状態を作るのなら、レモングラスとライムとギンバイカを混ぜ合わせるのもいいでしょう。或いは午前中の出勤時など、人々を爽《さわ》やかにし、活気づける必要がある時は、ベルガモットとバーベナ、高山マツにグレープフルーツをミックスさせる。他にも昼休みや午後の休憩時には親しみのあるウッディな香りを用意する。匂いゼラニウムにバラ、シダーウッドにサンダルウッドなどを混ぜ合わせて、噴霧すればかなりの効果が期待できるかと思います。

しっかりとした口調で自信に満ち、明快に告げる彼女を見つめながら、私は、視線の先を固定させることが出来ずに、心が揺らぎっぱなしであった。

——出勤したばかりの時間帯は高揚効果を狙《ねら》い、仕事中は集中力を増すように調整し、そして昼休みや退社時間には疲れを癒《いや》し、明日への活力を高める香りを噴霧するわけです。

政野英二も満足そうに、ミノリを見つめていた。自分がその才能を発見したのだといわんばかりの温かい視線である。

ミノリに代わって、設備のエンジニアが再び説明をした。

——人の嗅覚は香りに慣れやすく、短時間で香りを判別できなくなってしまいます。そこでコンピューターを利用しようというわけです。有効時間を計算の上、ゆったりとした間を取りながらも断続的に噴霧することで、香りの効果が持続するように研究中です。またコンピューターでアトリウム内の香りの拡散シミュレーションを作り、吹き抜けから各階へと香りがどのように散らばっていくかを確認することも検討しています。まだまだ時間が掛かりますが、この調子で実験を重ねていけば竣工《しゅんこう》までには間に合うと思います。

男が着席すると、今度は政野英二がゆっくりと私の方へ向き直って告げた。

——これにヒーリングミュージックの効果が加われば、「癒しの中庭」のハイアメニティは完成するわけだ。楽しみじゃないか？

一同がこちらを振り向いた。私と共同でヒーリングミュージックの研究に携わってきたシンセサイザー奏者の葛西恒大《つねひろ》が、会議室のデッキに録音済みのDATテープをセットした。まもなく試作曲が流れだした。テンポもある軽快な曲である。私は説明した。

——この曲は、昼休みが終了した後の、再び午後の仕事を再開する直前に流す予定の曲ですね。これは、人々の仕事に対する意気高揚を目的とした音楽なんです。脳を活性化させ、いわゆるβ《ベータ》波が増えるよう、メロディやリズムを計算して組み込んであります。一方昼休憩にはα《アルファ》波が増えて、リラックスできるような音楽を流します。

葛西が私の合図で、次の曲の頭を出した。テンポの遅い牧歌的な音楽が会議室を包み込んだ。雲が流れていくような悠然とした音の流れがあるだけの、メロディも判然としない音楽である。

——なんだか、聞いているだけで心地よくなる美しい音の連なりだね。

政野の微笑《ほほえ》みに、私は答えた。

——牧神の休息、という曲の触りの部分です。まだ完成したわけではありませんが、これに本物の人間の声を使おうと思っています。ブルガリアンボイスのような、ハイトーンの声。それを薄く隠し味程度にシンセの音の中に隠すんです。

政野英二が、牧神の休息か、と反復した。

――牧神とは、ギリシャ神話のパンや、ローマ神話に登場するファウヌスのことで、森林や牧畜をつかさどる半獣半人の神のことをいいます。狭い空間で囚《とら》われ続けて働かなければならないサラリーマンたちが、牧神のような広々とした心を取り戻して、その疲れ切った魂を、広大な、果てのない空間に放つ姿をイメージして描いたのです。

葛西が、一同にヒーリングミュージックのプログラム予定表を配った。

――先日、社員の皆さんから取ったアンケートを元に、音楽の嗜好《しこう》や日常生活の中での音楽との触れ合い方などを調査した結果に基づいて、社員の皆さんが音楽が欲しいと思う時間帯を見つけ出すことができました。始業前、午前十時、正午、昼休み、午後一時、午後三時、そして終業時です。それぞれの時間帯に、数分から十数分、このヒーリングミュージックを流すことにしようと思っています。朝は爽やかに、昼は安らぎを、午後の始まりは、気分転換と高揚を、そして終業時は解放感を与えるのです。先ほど、香りのチームから提出されたプログラムともほとんどかみ合っているようですから、細部を調整して合わせれば、一層効果が上がることは間違いないでしょう。

会議はこんな風に進み、昼休憩を挟んで、夕方まで続けられた。私はこっそりミノリの顔を覗《のぞ》き込んで、彼女が私から本当に遠ざかってしまったのかどうかを確認しようとしていた。またミノリと政野英二との関係についても気掛かりだった。私とミノリが別々で暮らすようになってから、二人の関係がどの程度親密さを増したか、知りたかった。

政野英二が温厚な顔で、両者から提出されたレポートを食い入るように見つめていた。その政野を、にこやかに見つめるミノリの横顔から私は視線を離せないでいた。

会議は、細部の確認のためにさらに延長され、夜の八時を過ぎた。最後に政野英二のアシスタントが、これらの資料を元にトータルなコンセプト案を作成し、施主に了承を貰《もら》えるよう話を進めることになって散会となった。

4

——一人暮らしはもう慣れたかい？

私は向かいに座って食前酒を嘗《な》めているミノリに囁《ささや》いた。彼女は、ええ、と呟《つぶや》き、それから、あなたは？　と聞き返した。

会議の後、政野英二も食事に誘ったのだが、気をきかせたのか、これからまだ徹夜の仕事が残っていてね、と断られた。私たちは、スタッフと別れて、渋谷の、かつて二人でよく通った小さなイタリアンレストランに立ち寄った。

ミノリと二人でこうして向かい合って食事をするのは、別々に暮らし出して、はじめてのことだった。

——ぼくはまだ慣れない。君が突然荷物を抱えて戻ってきやしないかと、毎晩待っている有り様だ。

ミノリは俯《うつむ》いて前菜を頰張《ほおば》りながら、微笑んだ。

——こうしてテツシと別々に暮らしていろいろと分かったことがあったわ。心臓が早く打った。彼女の次の一言が、二人の関係に終止符を打つのではないかと思ったせいだった。しかし、ミノリの言葉は穏やかに私の心を癒した。

——私にとってテツシは、大切な人なんだ、ということ。私は一緒に暮らしていた時には気がつかなかったあなたの優しさに気がつくことができたの。

そう言い切ると、彼女はフォークとナイフを巧《うま》く使って小さな料理をさらに小さく分けて、それを口の中に放り込んだ。

——じゃあ、何故《なぜ》戻ってこない？

ミノリは微笑んだ。

——大きな野心のせいよ。私はここのところずっと充実している。今までこんな充実を味わったことはなかった。みんなと、癒しの中庭を作る、この仕事が楽しいの。それに、テツシとはもっと時間をかけて、お互いをもっとよく理解しあう必要があるとも感じているのよ。こうやって別々の夜を持ってお互いはじめて、何が欠けていて、何が必要だったか分かったんだから。私とテツシがまた再び愛し合えるようになるかどうか、これから時間をかけて見つめていきたいの。

――ぼくはまだミノリと別れたつもりはないんだ。それに愛なんてものは、そんなに簡単に愛し合えたり愛し合えなくなったりするものではないんだよ。愛は歪《ゆが》んでもまっすぐでも愛に変わりはない。ミノリみたいに愛をこうだと決めつけることはぼくにはできないな、大体そんな考え方は間違っている。

――そうかな。ただ私が考える愛とテツシが考える愛とにズレがあるだけじゃないかな。あなたが愛のはじまりを思い出して、昔のような優しさを取り戻せば、二人はもう一度やり直すことができるんだわ。

私は無言で首を左右に振り続けた。時間をかけていったい何を今更見つめていくのか、と反論したかったが、言葉にはしなかった。ミノリは、壊すのは簡単なんだから、と私に理解を求めた。その瞳《ひとみ》は、かつての優しさに満ちており、女心の摑《つか》みにくさに、ため息ばかりが零《こぼ》れ落ちていった。

――そうしているうちに何方《どちら》かが、別の誰かを好きになるということはないかな？

言うと、ミノリは否定とも肯定とも取れない曖昧《あいまい》な表情で首を傾《かし》げた。

――もし本当にそんな風になってしまうのなら、誰が悪いというのではないと思うわ。私たち双方に責任があるのよ。

――じゃあ聞くけど、ぼくたちはまだ交際していると言えるのかな。

ミノリはフォークとナイフを置くと、肘《ひじ》をつき、手を顔の前で組んで私をまっすぐに見つめてきた。沈黙が二人の空間を埋める。

――こうやって別々で暮らしだしてしまって、この後、二人は元の鞘《さや》に戻ることができるのかな。

――できる、と信じたいわ。

私たちは気まずさを隠したまま黙々と食事をした。味覚は、くぐもっており、満足に味わうことが出来なかった。メインディッシュが終わる頃、ミノリがぽつんと呟いた。

――あの曲好き。

私が顔を上げて、その黒く大きな瞳を見つめると、彼女は再び、今度は私を安心させるような胸の内から沸き起こる笑みを湛《たた》えた。

――牧神の休息だっけ?

私は頷《うなず》き、喉《のど》を詰まらせながら、ありがとう、と呟いた。

――あの曲がアトリウムに響きわたる時、私たちが幸福をもう一度捕まえられていたらいいわね。

ミノリはフォークとナイフを上手に交差させながらそう告げた。綺麗に化粧をした余所《よそ》行きの彼女の表情を見ながら、その時私は、ミノリをもう一度抱きたい、と思った。

5

レストランを出て渋谷の裏通りを駅へ向かって歩きはじめた途端雨が降りだし、私は彼女の腕を捕まえると、ホテル街の坂道を駆け出し、そのまま強引にホテルの駐車場へと連れ込んだ。その暗がりが彼女の気持ちに拒否反応を芽生えさせた。自分がこんな扱いをされるとは思ってもいなかった、という屈辱に悲憤慷慨《ひふんこうがい》し、その口許が歪んだ。品のいい彼女の佇まいが、薄汚れた駐車場の暗がりの中で違和感を放った。奥にホテルへと通じる入口があり、そこだけが怪しげな光を溜《た》め込んでいた。何故自分がそんな愚かな行動にでたのかは理解に苦しい。酒のせいにするのは簡単だったが、一つにはそれほど心が壊れていたからに違いない。

私たちはその闇《やみ》の中で無言の応酬をした。衣擦《きぬず》れの音が、激しさを増した雨の音に混じって私たちをいっそう焦らせた。

暫くすると、突然車のエンジン音が駐車場内に響きわたり、ヘッドライトが私たちを闇の中に浮かび上がらせた。私は彼女の腕を捕まえたまま車の方を振り返った。ミノリは恥ずかしそうに顔を隠していた。その顔をもっと光の中に引っ張りだし、隠された真実の素顔を暴いてやりたかった。

若いカップルが笑い合いながら車から降り、衒《てら》うことなくじゃれ合いながらホテルの中へ消えると、ミノリは再び腕のつけ根に力を込めた。

三、四分もみ合った後、ミノリは観念して私に従った。彼女の腕からすっと力が抜けていくのと同時に彼女の顔に幕が下りた。

私たちはホテルの一室にいた。ミノリは私への憤怨《ふんえん》を能面のような顔の裏側でふつふつと煮立たせていたはずだが、その怒気を一切言葉には出さなかった。何百回何千回と様々な性交が繰り広げられたその室内の狭い空間は、窓もなく、湿った不快な匂いが満ちていた。彼女は入口に立ったまま動こうともせず、口を真一文字に結んだまま淡々とした視線で私を見つめていた。彼女との溝を決定的にしようとしているかのような私の自滅的横暴に、自分自身の心を理解することができないでいた。

ミノリは首に巻き付けていたシルクのスカーフを片方の腕で力任せに解《ほど》いた。私は椅子《いす》に座ったまま、ミノリを見上げた。彼女は私から視線を逸《そ》らさず、着ていた服を脱ぎはじめた。敵意の視線に私は勝てなかった。憎しみを抱《いだ》かせてしまった自分の愚かな行動に、どうしたらいいものかと恐怖を感じていたほどだ。ミノリの皮膚が少しずつ露出していった。屈辱に堪える彼女が私に叩《たた》きつけようとしている怒りが脱ぎ捨てられる衣服に込められていた。

ミノリはまっすぐに背を伸ばし、両手を背後に回すと、胸を迫《せ》り出したままブラジャーのホックを外し、それから瞬間躊躇《ためら》った後、残った下着も脱ぎ捨ててしまった。

蛍光灯の灯に彼女の剝《む》き出しの艶《なま》めかしい肉体が浮きだされた。彼女は何一つ隠さず、ただ哀れむ視線だけを私に降り注いでそこに仁王立ちになっていた。

私は全ての責任を取らなければならなかった。謝る言葉はもうなかった。彼女が脱ぎ捨てた衣服から、彼女の体臭が香りはじめた。あの懐かしい麝香《じやこう》の香りだ。心の畏怖《いふ》と同時に、欲望が迫り上がって来る。

——私をこの汚らしいベッドで抱けばいいわ。

ミノリはそう吐き捨てると、私の前まで来て、それから背を向け、布団を剝《は》いだ。細い肢体が筋肉を伸ばして私の前で舞っているようだった。括《くび》れた腰やふくよかな臀部《でんぶ》の膨らみが一層私の心を誘惑した。シーツの白に彼女の肌が艶めかしく欲望の影を落とした。

もう何度も見てきた裸体のはずなのに、私の欲望は自分ではない何者かに操られて益々《ますます》燃えあがり、理性などではとても抑えられなくなっていた。ミノリの官能的な背骨のラインや、肩甲骨の柔らかなでっぱりがなまなましい後ろ姿に、私はいっそう激しく欲情した。体臭を嗅《か》ぎたいと思った。しかし、私には最後の勇気がいつも足りなかった。

——そうじゃない。ぼくは君と夜を過ごしたいのだ。ここで眠りたいんだ。

嘘《うそ》をつき、彼女を背後から抱きしめ、そのままゆっくりベッドへと押し倒した。ミノリは顔から表情を引き上げたまま、私の腕の中で黙っていた。彼女の動物的な香りが肉体の奥から香ってくる。私は唇を彼女の肩甲骨の上に這《は》わせた。柔らかい皮膚の感触には彼女が確かに生きているという、改めて切実な温《ぬく》もりがあった。

枕元《まくらもと》のスイッチで灯を消し、彼女をそっと包み込んだ。それから二人並んで天井を見上げた。そこにも空間があった。人工的に密閉された空間……。その空間には星もなかった。太陽も月も見えなかった。四つの境界は狭く、天井と地面は切迫していた。私とミノリはそこに閉じ込められた双子だった。

## 第二節　復讐《ふくしゅう》の微香

1

愛について。

愛という空間は、その境界が曖昧で果てしないために、逆に空間の密度を薄めてしまうことがある。恋の密度が濃厚なのとは正反対に、愛は未来や社会や幸福が付きまといすぎて、私たちはつねに対岸まで泳ぎきれないのではないかという広大な不安に苛《さいな》まれてしまう。いったい私たちはいつになったら愛などという曖昧な感情から解放されるのだろうか。私はこの苦しみから解放されるための何か手を打たなければならないと考えた。そうでなければ本当にミノリのことを忘れるしか他に方法はなかった。それはできない、と私はもう一度自分に言い聞かせ、それならば、別の方法を見つけ出さなければならないことを、悟るしかなかった。

2

苦痛を紛らわせるために夜の街へ出掛けた。地下鉄を乗り継いで繁華街の賑《にぎ》やかな場所へと行った。若い外国人の酔っぱらいが交差点の電信柱にしがみついて何かこの国に対しての不満を叫んでいた。クラクションや騒音や下水の匂いや排気ガスが大気を汚す。見上げればビルのあちこちに眩《まばゆ》いネオンサインが点滅している。車道は渋滞し、人々はだらだらと歩いていた。ガラスの割れる音が響いて、続けざまに罵声《ばせい》が飛び交った。肌をこんがりと焼いた少年たちがまるでLAあたりのいかした黒人を気取って騒いでいた。ここに苦痛を紛らわせるものなどあるのだろうか。

目を大きく見開いて、苦痛を癒すものを捜し求めてみる。鼻孔を開いて鼻をくんくんさせながら、動物の匂いを求めた。ムスク鹿の匂いだ。

狩りをするような気持ちで、私は女たちに狙いを定めた。肌を露出させた女たちが私の前を、きらびやかなバッグや茶色に染め抜いた髪の毛を靡《なび》かせて通りすぎていくのを見た。全身が媚態《びたい》とでもいうべき女たち。その中の一人の後を目で追いかけた。追いかけて何をしようとしているのか分からなかった。吸い寄せられるのでもなく、おびき寄せられるわけでもない。そこに磁力や引力を感じてついていくのではない。ただそうすることで、無為の時間の中に一つの行為を手に入れることができた。

女は公衆電話ボックスに入った。よく見ると携帯電話を彼女は握りしめている。世界が複雑なことになっているのだ、と思った。

それから永いこと女は誰かに向かって喋り続けていた。その間、二度携帯がなり、女は受話器を持ち替えたり、声色を変えたり、さらに複雑な芸当をしてみせた。私は少し離れたところから女の様子を見つめた。ミノリとはまるで違った人生を生きてきた女のようだった。すれた、品のない笑いをした。女は脇腹を掻《か》いた。金色の鎖でできたベルトが光を放っては、そこだけ意味もなく眩《まぶ》しくぽっかりと存在していて、それがなぜか私には逆に、寂寞とした気持ちを起こさせた。

まもなく電話を切った女がボックスから出てきて、一瞬私の顔を見つめた。しかし私は立ち去ろうとする女を呼び止めることができなかった。女は何度も振り返りながら、去っていった。女が遠ざかるのを確認してから、私は他にどうすることもできなくて、何かを求めて、電話ボックスへと飛び込んだ。

女の体臭がそこには充満していた。汗の匂いに混じったきつい香水の残香が私の心の奥底を焦がした。私は急いで深呼吸をし、そのボックスの中に残っていた女の匂いを吸いつくした。

3

電話ボックスから、アキナの仕事先に電話を入れた。アキナもアキナの夫も私の大学時代の友人である。尤《もっと》も夫の方とは何かのきっかけで言い合いをしてしまいその後付き合いはなかった。

アキナはもともと私のことが好きだった。彼女の夫がそれに勘づいていたかどうかは分からない。夫はあらゆることに鈍感すぎる男であった。言い合いの原因も彼の鈍感さについてではなかったか。

アキナが地下鉄の入口から駆けだしてきたのを、角のカフェで見ていた私は、これから自分がしようとしていることの醜さに驚いた。自分が受けた心の痛みを、友人に押しつけようとしているのだから。

アキナと私は夜の帳《とばり》がすっかり降りた繁華街を腕を組んで歩いた。最初は、躊躇った顔をしたアキナだったが、大学時代を思い出したのか、辺りを気にしつつもすぐに腕を絡めてきた。こんなに簡単に、それまでの距離と空間と時間を埋められるのだという事実に驚いた。ミノリとの一進一退とは全く異質の急展開の意味が理解できない。

人の妻をこれほど簡単にコントロールしていることで、いったい私は誰に復讐《ふくしゅう》しようとしていたのだろう。ミノリにか。それともかつての友人に対してか。しかし私は実際にはもの足りなさしか覚えなかった。アキナの気持ちを弄《もてあそ》んでいる自分が堪《たま》らなく不潔に思え、不快だった。

繁華街の生ぬるい風が、古い友人の可愛らしい巻き毛を揺らした。性格美人という言葉がまさにぴったりの誰にでも優しい人だった。学生時代もよく私のことを心配してくれた。いつも同じジャケットばかり着ていたら、手編みのセーターをプレゼントされたことがあった。私は一編み、一編み、心を込めて編んで作られたそのセーターが不気味に思え、可燃ゴミの日にこっそりと捨てた記憶がある。

――珍しいのね。テツシが電話してくれるなんて。不思議なことにほんの一週間ほど前に、夢の中にあなたが現れたばかりなの。あれは、虫の知らせというやつね。

微笑み返し、ぼくも君のことをずっと考えていたんだ、と嘘をついてしまう。ミノリに対してはいつもあんなに臆病《おくびょう》になってしまうのに、どうして他の女だとこんなに大胆に、しかも堂々としていられるんだろう。

私はネオンが遠ざかり、道端が暗がりになると、組んでいた手を払い、彼女の腰に手を回してみた。女は最初躊躇い、何か用心するようなそぶりを見せたが、百メートルも歩かないうちにそれは自然なことになってしまった。そのままホテルに飛び込んでも、意外に簡単におちるかもしれない、と私は思った。

しかし簡単に手にいれる訳にはいかないのだ。これは返報なのだから。徹底的に女をその気にさせて、自分が抱えた痛みを世界に返さなければならないのだから……。

私たちは、夜のバーを何軒も梯子《はしご》した。日常のことを語り合った。尤も私はミノリとのことは何一つ本当のことは告げなかった。仕事のことや、大学の研究室のことを語った。アキナは、結婚した夫とうまくいっていないという不満を漏らした。

――あの人は、きっとどこかに愛人を拵《こしら》えているんだわ。私は知っているの。だって、彼ったら、毎晩遅いし、時々は外泊をしてくるのよ。

私の顔はミノリのそれ同様、表情を捨てていた。

――他に愛人を作ったとしてもだ。もしもぼくが君を奪ったとしたら、きっと彼は悲しむんじゃないのかな。

アキナの瞳は私を挑発する媚態だった。今夜の全てを許諾する目。女はため息を漏らしながらそれを私にそっと吹き掛けて誘惑し、呟いた。

――さあ、どうかしら。そんなことはないんじゃないかな。

彼女の腕を摑んで、引き寄せた。店内は明るく、キスをするには目立ちすぎた。しかしその時の私は何かにとりつかれているように大胆に振る舞うことが出来た。女の唇をまるで無造作に林檎《りんご》でも齧《かじ》るみたいに吸ったのだ。気のないキスであるにもかかわらず、離れた唇から女の吐息が零れ出た。喜びの悶《もだ》えにも聞こえる。彼女の感情がすっかりコントロールを失って、この突然の出来事にどうしていいのか分からず、おろおろするのが手に取るように伝わってくる。

気を紛らわすものが目の前にあった。私は罪もないかつての優しき友の幸福を破壊することに、自分の欲求の捌《は》け口を見つけ出そうとしているのだった。

# 4

外に出た。人影はいっそう薄れていた。アキナは私に隠れて時々腕時計を見ている。私はミノリのことを考えていた。アキナの瞳の中に、罪悪感が芽生えはじめていることに私は気がついていた。十一時を過ぎている。

――ねぇ、どうしたの。こんなことして。テツシは今幸せじゃないの。ほら、交際していた可愛らしい彼女がいたでしょ。あの子はどうしたのよ?

アキナの切れ長の目は、私が本気かどうかを試そうとして、いっそう細くなった。アキナを抱き寄せた。

――別れたんだ。

彼女はじっと私の瞳の奥深くを見つめていた。酔った会社員の一群が私たちの前で一瞬停滞してはうつろな目でアキナの品定めをした後、口許に笑みを浮かべて通りすぎていった。私たちは彼らがからかうのを無視して見つめ合った。

――私で気休めしたいのね。

アキナが投げかける。私は相変わらず、何か、を探し求めていた。何か、こそが人間にはつねに重要なのである。しかし、何かを最初から知って生まれてきた人間はいない。死ぬまで何か、に取り付かれ、何か、を追い求め、何か、が何か分からず、中には精神が壊れたり、自死を選ぶ者も出る。私は(徒然《つれづれ》)ほど恐ろしいものを知らない。変化のない環境で感ずる退屈とは、つまり人の死なのである。虚《うつ》ろから逃げるために人は恋をし、愛の中に自分がまだ生物として価値があることを見つけ出そうとしている。

――そうじゃない。君に会いたくなったんだ。

今度はアキナがかぶりを振った。

――そろそろ帰りましょう。もう遅いわ。

もう一度強く彼女を抱き寄せた。報復を中途で終わらせるわけにはいかなかった。アキナをこのまま帰すわけにはいかない。近くのホテルへしけこんで、裸になって抱き合い、報復の止《とど》めをささなければならなかった。

――私ね、今日は帰る。あなたの気持ちが分かったから、これからゆっくりと考えてみる。

――何を？

思わず大きな声を出してしまった。彼女が分かった、と断言した私の気持ちとは何か？彼女がゆっくりと考えてみると言った何かとは何か？　お前は何を分かったと言うのだ。自分さえも分からずに苦しんでいる、私という存在の何を分かったのだ。

――何をって。私とあなたの未来をよ。少し冷静にならなければ駄目。冷静になって、お互いが一番幸せになる方法を見つけ出しましょう。

私は首を左右に強く振った。そんな建設的な意見は嫌いだ。私はそう吐き出したが、彼女は引き寄せようとする私の腕から逃れた。復讐はどうする、と心の中で声がした。遠のく彼女の肉体を必死で追いかけた。

——明日、テツシの研究室の方へ電話をするわ。一晩ゆっくりと考えれば、何か足りないものが見えてくるはずだわ。

私は口を結んで、今度は虚ろに、力なく首を振り続けた。自分の心の内側で気力という気力が全て消沈していくのを感じた。

アキナは私の掌《てのひら》に軽くキスをすると、断固たる決意で私の手を払い、背を向けて駅の方へと歩きはじめてしまった。

5

かつて私は大学時代に交際していたガールフレンドの日記を読んだことがある。

彼女の部屋によく遊びにいった。女子寮だったが、男子学生の出入りはかなり自由で、一旦《いったん》もぐり込んでしまえば、息を潜めて朝を迎えるのはなかなかスリリングで楽しいことであった。

彼女が風呂に入っているあいだに私は机の引出しを開けて、こっそり日記帳を抜き取ると、頁《ページ》を捲《めく》った。ガールフレンドは私に隠れて日記を付けていたが、そこに日記があるのは前から知っていたのだ。

ああいうものを盗み読む時には、期待と不安というものが必ず錯綜《さくそう》する。どんなことが書かれているのだろう、という期待は彼女を信じているものが見る夢のようなもので、現実はそれほど甘美なものではない。

そしてあの時私が発見したものこそ、まさにその後の人生のもっとも大きな教訓となった。それは、不安を超える怒り、現実を超える現実であった。私と付き合いながらも、その女性は別の男性に好意を抱いていた。それが私の一番の友人で、彼らは私の目を盗んで時折デートをしていた。彼の家に行った、とも書かれてあった。彼女が私を取るか、友人を取るかで悩んでいる節の文面もあった。日記には彼女の言動が全て嘘で出来たものであることが記されていた。私に会えないと告げた日は全てその男との記念日なのである。風呂から出てきたガールフレンドは私から日記を取り上げたが、罪の意識というものは希薄であった。

私はどうしたらいいのか分からず、黙っていたが、世界の仕組み、つまり世界の本当の顔、本当の恐ろしさ、本当の嘘というものをはじめて認識したのはあの時だったと思う。

政野早希から音響研究所の私専用のスタジオに電話があった時、私は不協和音の音の渦の中にいた。レコーディングをしている時に電話が鳴ると、自動的にブースの脇に備えつけられたライトが点灯する仕組みになっている。救急車のライトのような真っ赤な光が室内を駆けめぐった。受話器を取ると、室内は再び静寂を取り戻し、耳元に仄《ほの》かにかすれた早希の声が届いた。

――このままでいいのかな。

――さあ、ぼくにはもうどうしていいのか分からないんです。

――昨日も政野は朝帰りだったわ。

――設計に追われているんだからしょうがない。

――そうかしら。スーツに女の香りをつけて帰ってきたのに。

私は思わず、どんな匂いですか、と聞いた。それがね、と早希の声がくぐもった。

――香水の匂いというのではなくて、なんだか変な匂いなの。動物的な酸っぱい匂い。何か体臭のような、でも明らかに女性のものだと思う。エロティックな香りだったから。

ミノリさんってなんという名の香水を使っているのかしら。

言葉を紡ぐことさえ出来なかった。脳の存在理由は消え去り、音のない、果てしなく広大な砂漠だけが、私の二つの眼球には見えていた。テツシさん、という声が受話器から漏れていた。テツシさん、もしもし、返事をして……。

政野とミノリが抱き合った。そうとしか思えなかった。どんな場面で、どんな風に、どんな具合で。私はもう何も聞こえなくなっていた。耳鳴りだけが鼓膜を震わせた。それは大きな不協和音となって私の頭蓋骨《ずがいこつ》をも震撼《しんかん》させる。脳も血液も神経も骨も全てが振動していた。すさまじい風が無限に続く砂漠の風紋をものすごい速度と力で変化させていた。あたかも全てのものから存在の理由を剝ぎとろうとしているかのように。なのにその行為は音のない世界で繰り広げられているのである。

真空状態を漂うような虚《むな》しさが体中に充満し、動けなかった。

――テツシさん、テツシさん、お願いだから返事をして、ねえ。

どれくらいが経ったのか、宇宙の果てから早希の声が救出にやってきた。私は何度も空気を肺に吸い込み、それから何度もそれを吐き出して痙攣《けいれん》し続ける魂と心を落ちつかせようとした。

――それはきっとミノリの匂いです。

今度は早希が黙った。

――間違いない。それはミノリの香りだ。

私が吐き出す言葉が広大な砂漠に次々と深い溝をこしらえていった。

――じゃあ、やっぱり。

――くそ。

――待って、電話を切らないで。作戦を練らないと。出てこられる？　これからすぐに会える？

政野早希は、そこにいて、と言うなり電話を切った。防音されたスタジオで私は一人きりとなった。鼓膜が痛かった。空気をどんどん抜かれていくような切迫した孤独に襲われていった。激しい耳鳴りは今やビッグバンの破裂音並みに拡大して、脳の中心から外側へと向かって吐き出されていく。自分を、自分という誰かより与えられた個体を私は既に維持する術《すべ》を何一つ持っていなかった。脳味噌《のうみそ》の破裂をどうやってくい止めればいいのか分からない。怒りのエネルギーだけがその混沌《こんとん》の中でマグマのように噴出しては冷えて固まり巨大な憎悪のプレートを拵えた。それは今や私という宇宙のど真ん中に浮かぶ死の惑星そのものであった。

政野に対する激しい嫉妬の怒り。大切なものを奪われた、ただ無垢《むく》で無限の怒りであった。

6

早希に連れだされて、私たちは音響研究所から近い高層ホテルのバーにいた。

四十五階の高さから見る新宿の夜景は私の餓死した感情とは全く異質に、宇宙を流れる星の川のようにきらきらと瞬《またた》いていた。美しさにため息を漏らさなければならないほどの景色なのに、私には氷河を見ているような冷たさしか伝わってこなかった。

ウエイターが運んできたラフロイグを一気に呷《あお》った。耳鳴りを消したかった。瞼の裏側に現れては消える政野とミノリの抱き合う姿を消し去りたかった。

――少しは落ちついたかしら。

早希は足を組んで、煙草《タバコ》を吹かしていた。冷静さを装っているようだったが、その指先が微細に震えているのを私は見逃さなかった。視線がそこに留まった。アルコール依存症患者のように震えるその手先に、強がっているが私と同じほど脆《もろ》い心を見た。

——こんなことくらいで負けたらお終《しま》いだからね。

彼女の声は、バーの喧騒《けんそう》を纏《まと》って私の耳に届いた。新しい酒をそれぞれ注文し、アルコールの力を借りて、どうにか存在を保っているという感じである。

——どうしよう。

絶望を言葉に込めて吐き出すと、彼女は、復讐しかないわ、とそれに応じた。早希の声も手も吐き出す煙草の煙さえ震えていた。まるで殺人でも犯してしまったかのような臆病な脅《おび》えであった。

かたわらのソファにカップルがいた。女はミノリに似ており、男は政野英二のようだった。二人はこんな風に仲を深めていったのだろうか。男の腕が女の肩を抱き寄せる。女は微笑みながらその頭を男の肩に預けた。髪が男の首筋に掛かる。

早希も彼らを見つけた。その眉間《みけん》は厳しく凝固しており、瞬《まばた》きさえも忘れていた。キッと睨《にら》み付けた視線の端々に女の嫉妬が溢《あふ》れ出ていた。早希は新しく運ばれてきたアルコールを呷り、それから立ち上がると、ちょっと待っていて、と言い残して消えた。目の前のカップルが口づけをしたのはその直後のこと。女は躊躇い、一度は拒絶したが、男が何か耳元で囁いた後、バーの照明の暗さにも助けられて、二人は短いキスを交わした。

その瞬間、憤りが胸の内側を叩いた。心臓が破れそうなほどの激しい血液の流れを感じた。激しい目眩《めまい》がして、持っていたグラスを落としそうになった。手をカウンターについて、顔を窓の外へと向けた。涙が眼球を濡《ぬ》らしていくのが分かった。それを早希には見られたくなくて、慌てて掌で拭《ぬぐ》った。

まもなく、戻ってきた早希の手にはホテルの鍵《かぎ》が握られていた。彼女はそれを私の目の前に無言で差し出した。

――復讐よ。

政野早希はそう言った。

――復讐して見返してやるのよ。

私はもう一度肩を寄せ合う同世代のカップルを振り返った。男が女の耳元で微笑んだ。女はくすぐったそうにそれを我慢しながらも、体は男の方へと傾きつつあった。女の手が、男の手を握りしめると、私の中で確かな決意が固まった。

# 第三節　寡黙《かもく》な香水

## 1

政野早希の後に従い、ホテルの長い廊下を歩いた。小さなフロントを越え、エレベーターホールで立ち止まると、彼女の横顔へ視線を投げかけてみる。顎《あご》を突き出し精一杯我慢している同い年の女がそこにいる。顎の突端で筋肉が微《かす》かに痙攣を起こしており、緊張の具合が窺《うかが》えた。

エレベーターのドアが開き、中から白人の夫婦が和やかに降りてきた。彼らが出てしまうと、二人の前に無人のエレベーターが口を開けて待っていた。どちらもしり込みをして動くことが出来ない。するとドアが不意に閉まりかけたので、早希が怒りの籠《こ》もった素早さでボタンを叩いた。何に対する憤懣《ふんまん》かよく分かるせいで、彼女の心の痛々しさが伝染し、私も思わず奥歯に力が籠もった。ドアが再びゆっくり開くと、早希は覚悟を決めたのか、小さくため息をついてから中に入った。彼女の潔さに、手助けされる恰好《かっこう》となったが、躊《ちゅう》躇《ちょ》が完全に払拭《ふっしょく》されることもないまま、私も後に従った。

エレベーターの中で、会話はなかった。息が詰まるような狭い空間が二人をいっそう萎《い》縮《しゅく》させた。ちらりと彼女を振り返ると、早希は階を知らせるデジタル表示を睨み付けている。我々は教会の告白の部屋で神父に懺悔《ざんげ》する信徒のようだ。デジタル表示が上の階へと変わるたび、神の酷《きび》しい審判をくだされたおももちとなった。エレベーターが四十九階で止まり扉が開くと、薄暗い照明の灯によって、シックなデザインの廊下が姿を現した。またしても耳鳴りがした。

彼女が一度鍵に記された番号を見つめ、それから足を踏み出すと、エレベーターの閉まりかけた扉が彼女を挟みそうになった。慌てて手で扉を押さえたが、その時彼女の細長い指先に触れた。ひやりとしていたが、同時につるつると滑らかな触感があった。お互いの体が触れたことで、私にも彼女にも新たな動揺が走った。廊下にかろうじて出たものの足は動かず、誰もいない静かな空間で立ち往生してしまった。

——どうする？　やめるなら今しかないけど。

政野早希は廊下の先を睨み付けて言った。壁にはルームナンバーを記したプレートが掲げられている。沈黙に耐えきれなくなって彼女が歩きだした。プレートの数字を確認しながら進む早希の勇敢な姿に、逆におじけづいて立ち止まってしまう。不意にハウスキーパーが花の生けられた花瓶を抱えて専用階段から姿を現したので、急《せ》き立てられるような恰好で早希を追いかける情けなさであった。

彼女が鍵を開けている間、私は彼女の背後を見つめた。体のラインがはっきりと分かるスポーティな服装だった。色は相変わらず黒だったが、表面に艶《つや》があり、黒豹《くろひょう》の肌を思わせた。彼女の持つ小さなバッグはビーズをちりばめたパーティ用のもので、時折生き物のように内部から滲《にじ》み出る静かな光沢を放った。

同じ年齢の女とは、実に奇妙な存在である。同い年と聞くだけで、連帯感のようなものを覚えるのは何故か。仕種《しぐさ》や態度や言葉づかいの端々に、どこか同級生的な気楽さと懐かしさと友情に似たシンパシーを覚えてならない。

はじめて政野早希と会った時から、思い起こせば、何か特別な気持ちが二人の間にはあった。それは愛とか恋とかとは違う、友達とか兄弟のような親近感……。

それが今、二人はその境界線を越えようとしているのだ。兄と妹が恋をするような、或いは姉と弟が愛し合うような、タブーを犯すのに似た、戸惑いがあった。

——さあ。

暗い部屋の中に体を半分浸して、早希は低い声で誘った。高校一年生の時に、同級生の子の家に招き入れられた時のことを思い出す。その子の親は出掛けており、家には誰もいなかった。階段を昇る彼女の臀部の膨らみに欲望を感じつつも、同時に、怖さを感じた。知識では分かっていたが、裸になって、未知のことをクラスメートと経験することに、興奮よりも先に何か、大人になるということの虞《おそ》れとでもいうべき不思議な戸惑いを覚えて仕方なかった。あの時、私は震えていたが、同級生は微笑んでいたのだ。

暗がりの中から手が伸びてきた。握られた瞬間、私は現実に戻った。ぐいとひっぱられ、中に入ると、早希は室内の電気のスイッチを探した。彼女の呼吸音と服の衣擦れの音が、引っ込み思案な心に油を注いだ。興奮しているのに、まるで盗みを働くような後ろめたさがあった。

——あなたの後ろに電源のスイッチがあるんじゃない？

目の前に早希の瞳があった。僅《わず》かに三、四十センチのところである。彼女の吐息を感じる。吐き出す息が胸元をくすぐる。生きるために人間が死ぬまで繰り返さなければならない行為であり、それは時にはなまめかしい交接の予感を連れてくる。生々しすぎて、どうしていいのか分からない。

振り切るように背中を向け、闇の中、明かりのボタンを探した。スイッチはすぐに見つかり、指先に力を込めると、電子制御された照明の明かりがそれぞれの恐怖を浮かび上がらせた。同時に部屋の中心に白いベッドカバーで覆われた大きなベッドが現れた。ミノリと飛び込んだラブホテルとは全く違う空間である。チーク材で作られた家具や壁やインテリアが落ちついた雰囲気を醸しだしている。なのに、部屋の中央のベッドを覆うそのカバーの色合いがあまりに白いせいか、却《かえ》ってふしだらな現実感を伴って迫ってくるのだった。

二人はベッドを見下ろし躊躇った。復讐よ、と言った早希の声が耳奥に蘇《よみがえ》る。バーラウンジで見かけた見ず知らずのカップルがミノリと政野英二と重なった。彼らもどこかで一つになったのだろうか。私は裏切られたのだ。やっと出会えたと信じていた恋人と、尊敬していた学生時代の憧《あこが》れの先輩に。

――さあ。

早希の手が私の体に巻きついた。私は発散することの出来ない怒りと悲しみをそこにぶつけようとしていた。早希を抱きしめた。復讐のために抱きしめたのだった。その時、何かがふっと私の心を過《よぎ》っていった。欲望ではなく、それは、早希がつけている香水の甘美な香りだった。官能的な匂い。体臭と微妙に溶け合って生まれた切なくも美しい匂いの結晶であった。

――いい香りがする。

思わず鼻先を彼女の胸元へ潜らせると、政野早希は顔を上げた。その頬をいく筋もの涙がすっ、すっ、とまるで流れ星のように淡く流れていった。

2

カーテンを開けたまま、暗黒の闇を背に、二人は一つに結ばれた。シャワーを浴びてから、と言う政野早希をそのままベッドに押し倒して、私は彼女の匂いを嗅ぎ続けた。弾力のある重厚なベッドの上で、二人はゆっくりと泳いだ。

私はひたすら、早希の香水の在《あ》り処《か》を探し続けた。鼻を犬のように立てて、胸や脇や手先を彷徨《さまよ》った。止《や》めてよ、と彼女は小さな声で抗議を続けたが、その所作が逆に彼女の欲望に小さな灯を付けた。そのうちささやかな抵抗も途絶え、力は抜け落ち、あらゆる束縛からその心はゆるやかに溶かされていった。

――恥ずかしいわ。そんなに嗅がないで。

香水の一滴をどこに隠したのか。そのうち彼女の手が私の頭を掻きむしった。ああ、という声が漏れ、早希の体の内部深くで、何かが、溢れ出るのを私は嗅いだ。

――止めてよ。普通に抱いて。そんな恥ずかしいことはしないで……。

香水を求めて抱きついているうちに私の欲望にも火がついた。二人は怒りと憎しみと悲しみをいっしょくたに混ぜ合わせて一つになった。自分たちがタブーの扉を押して反対側の世界へと出てしまったことに気がついたのは、一切の服を脱ぎ捨てて裸の肉体を同化させてしまった後のことである。

窓の向こうに月だけが見えた。果てる瞬間、私はミノリの名を心の中で叫んでしまった。早希は目を瞑っていたが、ぎゅっと寄せた眉間の真ん中に傷のような縦皺《たてじわ》がいくつもの亀裂を拵えていた。

二人はすぐに離れたが、その不自然なセックスがいっそうの悲しみを誘わないわけがなかった。早希は悲しみを堪《こら》えることができずに泣いた。私はどうすればいいのか分からず、彼女が泣き止むのをベッドの端からじっと見つめていることしかできなかった。

## 3

二人はガウンを着てベッドの中にいた。政野早希はもう泣き止み、煙草を吹かしながら、まっすぐに壁を睨み付けていた。

——復讐をしたという気にはなれないな。

私が言うと、早希は眼球だけをこちらに向けた。面長の美人だ。若さだけの美人が多い中、彼女の中には知性と、努力をして美を保ち続けているものだけが持つことのできる確かな誇りがあり、それが彼女を危なっかしいくらいに美しく見せているのだった。

——復讐はしたわ。

——しかし、ミノリと先輩が関係を持った後に、こうして残されたぼくらが抱き合うということは、確かに復讐とは言えるだろうが、でも、なんだか惨《みじ》めな敗北宣言のようにも感じる。

早希が笑う。ジタンの煙が同時に吐き出された。

——ミノリさんと政野はまだ抱き合ってはいないから大丈夫。

私は冷えた風を感じた。

——どうして？　でもさっき、政野さんの服に今までに嗅いだことのない女性の香りがついていたと言ったじゃないか。ミノリの体臭はどこか動物的な香りなんだ。

——知ってるわよ。女ならすぐに彼女の体臭が他の人とは違うって分かるもの。

——じゃあ。

——そうよ。さっきのは私の作った出任せなの。芝居。嘘……。

——先輩がミノリの匂いを付けて朝帰りしたというのは嘘？

早希がもう一度笑った。その声は部屋中に響きわたるような強い笑い声であった。なんてことを、と私は彼女の肩を捕まえて言った。彼女は煙草をサイドテーブルの上の灰皿でもみ消すと、今度は姉のような顔で私の体の上に伸《の》しかかってきた。

——でも、二人ができているのは間違いないわ。肉体関係があろうがなかろうが問題じゃない。むしろ私が許せないのは、心が通じ合うことの方よ。政野が女遊びをするのはいくらでも許せる。でも本気になることは許せない。男の方がそういうところは純粋だから始末におえないの。早く手を打たなければ。

早希の真意は分からなかった。肉欲を満たすために私とこの関係を持ったわけではないことは分かる。ではなぜこんな手のこんだ、無意味な芝居をしたのか。彼女の言う復讐の意味とは何か。あの涙はいったいどんな悲しみに対しての涙なのだろう。

——なんで君はこんなことをしたんだろう。

彼女の視線が私の瞳の奥に真冬の月光のように静かに冷たく降り注ぐ。

——なんで。なんでね。なんでかしら。きっと、苦しみから逃れるためじゃないかな。

——苦しみから逃れるために？

早希の顔が微かに勝利に微笑んでいるように見える。

——政野とミノリさんとがいつ関係を結ぶのか、びくびくしながら待っていることに疲れたの。あなたと肉体関係を先に持ってしまって互角になれば、これからどんなことが私たちの未来に降りかかってきても、いくらか楽になれるような気がした。

——なんて愚かな。

怒りがこみ上げてきたが、それを早希にぶつけることはできなかった。

——ごめんなさい。確かに、さっきまでは復讐する気持ちでいっぱいだった。でも、今は少し違う感情。違う。違うのよ。

早希は不意に俯きかげんになると、視線を微妙に逸らし、おもむろに呟いた。

4

レーザーディスクのメニューから「バーディ」というタイトルの映画を選びだし、フロントに電話を入れて取り寄せた。壁に組み込まれたテレビに映し出された映画を見ながら、冷蔵庫の中のよく冷えたブルゴーニュの白ワインを開けて飲んだ。

シーツにくるまって二人で画面の中で動く映像を見つめた。電気を消した室内に薄い青や薄い黄色や薄い緑が揺れる。何を見ているのか分からなかった。物語を追うのはとっくに放棄していた。それは政野早希も同じようだった。二人は白壁に明滅する美しい光に見とれてグラスを傾けあった。

ワインが無くなると、口づけをした。彼女の唇に残ったワインの甘い香りを吸った。同い年の女性との交接は近親相姦《きんしんそうかん》のような罪を覚える一方、幼馴染《おさなじ》みとの再会のような心地良い癒しも伴う。同じ歴史を共有して生きてきたという同盟意識のようなものが、ある瞬間からお互いのたがを緩めたに違いない。

映画が終わると裸のまま、窓際に立った。東京の、果てのない境界ぎりぎりにまで広がる家々の灯に目眩を覚えた。それからもう一度二人は抱き合った。今度はベッドではなく窓際のソファの上で。さきほどの痛みを伴った交接とは異なり、今度のは快楽に浸った欲望のセックスであった。

5

朝、四十九階の部屋は光で満ちていた。眼球が光になれるまで、瞼を開けずにいた。柔らかい光の感触が生きている実感を少しずつ蘇らせ、意識がゆっくりとはりつめていくのも待った。それから少しずつ開いていくと、ベッドの先、窓際のソファに座る早希が見えた。彼女はジタンを燻《くゆ》らせながら、メイドの到着を待ちわびた主君の目でじっとこちらを見つめている。

——何時？

かすれ気味の朝の声で問うと、彼女は手首をひねって腕時計を見つめた。

——九時よ。

——九時か。大丈夫かい。外泊させてしまった。

——いいのよ。平気。

動じない早希に少し驚いた。

——何時に起きたの？

——七時。七時からずっとここであなたの寝顔を見ていたのよ。可愛い寝顔だった。

——趣味が悪いな。

起き上がると、自分が下着も付けていないことを思い出した。慌ててシーツをかき集め身にまとった。彼女は笑ってはいなかった。昨夜のことを思い出していたのに違いない。それとも外泊したことをどう政野に伝えようか思案していたのだろうか。いっしょに夜を過ごした時の月明かりの中の柔らかい顔とは別の、硬い大理石の壁のような美しくも冷たい顔が正面にあった。七時から九時までの二時間で、彼女は化粧を終え、服を着がえて、ジタンを数本灰にした。口紅の色は最近流行のものより鮮やかな色で、明るい光の中でそこだけが妙に生き生きと見えた。しかし顔全体に塗りたくられた化粧品は、彼女を昨夜とは別人に変えており、裸の私はずっと遠くに置き去りにされた思い出の残り滓《かす》のようなさびしさを覚えた。

――この外泊、政野さんにはなんて言い訳するの？

――しない。

――でも、どこに行ってたんだって聞かれないかな。

――聞かれても、答えない。

――どうして？

早希はそこではじめて微笑んだが、それは無理のある痛々しい笑みであった。

――心配してほしいから。

夕べ腕の中にいた早希はもういなかった。今、目の前にいる女は夫を取られたくないと願う普通の妻のようにも見える。波打ち際の漂流物のように、彼女の気持ちが打ち上げられたり戻ったりを繰り返していた。

――聞いていいかな。

――さっきから聞いてるわよ。

私は微笑んでみせたが、彼女は相変わらず主君の目をしていた。

――ぼくに抱かれている時、抱いているぼくという存在には何か特別な感情はあったのかな。

――どういう意味かしら。

——いや、夜に腕の中にいた君と今、目の前にいる君とがどうしても一致しないんだ。

ふふ、と笑った。それから新しいジタンに火を付けた。ジタンの青いケースが鮮やかに舞って床に落ちた。

——抱かれていた時も夫のことを考えていたわよ。

彼女の指先に煙草があった。その先端は小刻みに揺れている。まるで新米指揮者のタクトのよう。そこには不安と希望とその両方を強引に繋ぎとめようとする神経質なさざ波だけがあった。

——ぼくの名を呼んでいたあの瞬間もかな。

——ええ。

——そんなはずはないな。ぼくたちは一つになってお互いを確認しあっていた。

——でも、その最中も私は政野のことを思っていたのよ。あなたはミノリさんのことを考えてはいなかったの。

——考えていた。

——でしょ。同じよ。

自分一人だけがそこに取り残されてしまったような朝の気分が壊され、不意に現実の光を浴びて、一気に目がさめたような不快さの中にあった。

——哲士《テツシ》さん。

早希が小さく告げる。

――いい。私たちが肉体関係を持ったのは、お互いの苦しい立場を緩和させるためなのよ。少しの好意と情は認めるけど、二人が恋仲になるのは本末転倒。これは私たちを裏切ろうとしているあの二人に対する復讐に過ぎないんですからね。

――しかし、復讐だけではぼくは君と抱き合えなかったな。君に欲望を感じたし、それにどれくらいかは分からないけれど愛情も感じた。

――それは愛情と言えるものかしら。

早希が髪の毛をかきあげた。自分が何を言いたいのか相変わらず理解できない。流れた彼女の髪の間から視線が突き抜けてきた。再び昨夜のことを思い出す。絡みついてきた舌先や、芳醇《ほうじゅん》な肉体が今はもう遠い日の出来事のように記憶の片隅にあった。黒いスポーティな服の下に、思い出の肉体が眠っている。欲望が孤立し、感情が孤独になる。孤独な感情が孤立した欲望に問いかける。いったい私は何がしたいのだろう。

――分かった。降参だよ。

早希が立ち上がるとベッドの上に上がり込んできた。彼女が近くなればなるほど、夜のことを思い出して、そして信じられないことに疼《うず》いた。

――いい、これは復讐なのよ。

――復讐かな。

――復讐よ。

――なんに対する?

――政野とミノリさんの未来の浮気に対する。

――未来?

――そうよ。こうして復讐をしていれば、来るべき時が来ても冷静でいられるじゃない。そのための予防のような復讐……。

――馬鹿な。狂ってる。

早希の唇が私の唇を塞《ふさ》いだ。不意に欲望が孤島から飛び出した。なのに朝の光に晒《さら》された彼女の官能的な体軀《たいく》が、私をいっそう孤独にする。いったいどうなっているのだろう。困惑すればするほど、早希という存在がそれまでとは違った色に発色する。彼女が何を考えているのか分からなければ分からないほど、自分がどうしたいのか分からなければ分からないほど、私は早希に引き寄せられる。本当に彼女は昨夜自分に抱かれている時、夫のことを考えていたのだろうか。それにこの茶番は本当に復讐のためなのだろうか。全ては彼女の作戦? じゃあ、いったい何に勝利するための作戦なのか。

早希の肉体は前の夜の艶めかしい記憶を呼び起こした。私の手が彼女の肉体をまさぐる。しかしその手を彼女の手が封じた。

――駄目。私はそんな女じゃないんだから。

## 第四節　挑発の小道具

### 1

早希との関係は急速に深まっていくことになる。狂おしいほど凶暴で、痛々しいほどに壊れやすい関係……。

交接を持った翌日、政野英二からの突然の電話による動揺は、言葉では表せないほどに惨憺《さんたん》たるものであった。寝ぼけたふりをしては、とにかく必死に誤魔化したが、朝帰りをした早希を政野が問い詰め、自分とのことを白状させたのではないか、という虞れに心臓は唸《うな》り続けた。

——来週くらいにみんなでまた食事をしないか。

しかし彼の用件は設備に関するささやかな質問に過ぎず、呆気《あっけ》なく問題が解決してしまうと、いつものラフな感じで食事に誘われた。

——麻布にうちの事務所が設計を手伝った店がオープンしてね。

分かりました、となんとか返事を戻すのが精一杯で、心臓だけが別の生き物みたいに勝手にドクドク激しく動いていた。ぎこちない応対に対しては、へんだな、なんかあったのかい、と政野に笑われてしまった。電話を切った後も、会話の一部始終を思い返しては、彼が何か探りを入れたのではないか、と用心して昨日からの記憶を辿《たど》ってみる。しかし何度思い返してみてもそこに意図的に隠されたものは何も見当たらず、悪意は透けてはこなかった。

早希から呼び出しの電話があった時、一瞬政野の顔が脳裏にちらついたが、慮れよりも強い誘惑の香り、或いは得体の知れない悪魔の囁きとでもいうべき興奮に負けてしまい、またしても待ち合わせのカフェへと出掛けてしまうのであった。まるであの夜が幻だったのか、と思うほどの笑顔で迎えられた時、私は密《ひそ》かに彼女が身に纏った香水の香りを思い出してしまった。オープンカフェなのに、彼女は他の客たちとは離れて店の奥の壁際の席にいた。暗く沈み込んだ一角であったが、それがまるで印象派の描いた絵画のように彼女の足元にだけ外光が差し込んでは揺らめく日溜まりを拵えていた。

珍しく膝《ひざ》の見える短めのスカートを穿《は》いていた。ひざ小僧に日溜まりが部分的に重なり、どきりとするほど艶めかしく足の柔らかさを浮きたたせた。

それは挑発の小道具として十分に威力があった。大人の女が膝を出す時、男は用心しなければならない。熟した女が、普段隠しているものを見せようとする時、そこには既に大人の駆け引きが生まれている。駆け引きのできない十代の少女のあからさまなひざ小僧とは違い、そこには弁《わきま》えた熟女のプライドの高いエロスが横たわっている。膝から下を盗み見るタイミングを上手に悟られなければならない。上手に盗み見てあげることが大切なのだ。そしてその視線はうっとりと官能に満ちている必要がある。

二人はあの夜のことは一言も話さず、当たり障りのない世間話をした後、そのままタクシーを拾い、夕刻には湾岸にあるホテルにチェックインしていた。そこまでの間、早希は一言も口にはしなかった。ただ、彼女の手は私の手を上から包み込んでいた。横顔は穏やかだが、年季の入った演出家の自信のようなものが滲み、こちらは逆に新人の役者のようにおどおどと興奮するばかりであった。

政野英二とミノリの未来の浮気に対する復讐。

あの夜、早希はそう言った。予防策として私と寝たのではなかったのか。政野とミノリの浮気に怯《おび》えての関係であるなら、一度で十分なはず。なのに私たちはもっと深い沼の底へと潜ることを選択した。

2

早希の肉体はほっそりと骨ばっているにもかかわらず柔らかく、皮膚は艶やかでしかも温もりがあった。何度抱いてもこの印象は変わらなかった。若い子の荒々しい無頓着《むとんちゃく》な肌ではなく、木目の細かいスベスベした感触は、努力をしてかち得た成果の結晶でもあった。

掌で何度も全身を摩《さす》った。皮膚と皮膚が擦《こす》れ合っているというのに穏やかな春の午後に湖の水面《みなも》を摩っているような質感であった。

回数を重ねるごとに彼女の肉体に瑞々《みずみず》しい若さが蘇ってきた。毎回、新たな発見や感動があった。ミノリのまだまだ弾力の残る肉体の強さとは違う、早希の肉体は粘りのある、研究しつくされた知能の美とも言える。磨くという言葉が似合う、研磨された美しい瑪瑙《めのう》の珠《たま》のような肉体なのだ。

細い体のどこを触っても、感度よく早希の筋肉は跳ねた。皮膚のすぐ下の肉は柔らかく、その下の骨は硬く、抱きしめるとしっかりとした生が伝わってくる。軽く触れただけで骨と肉が区別でき、そこにこそエロスの妖精が隠れていた。そしてデルタの内側から溢れ出るエキスの泉は涸《か》れることをしらないかのように、次々と豊かな水を溢れさせている。生きていることがよく伝わってくる生々しい肉体、官美な底なし沼であった。

——溺《おぼ》れていく。

息が出来ないほど苦しくも切なく興奮しながら、やっと言葉を紡いだ。言葉に呼応するかのように彼女の腰が瞬間撓《しな》り、それからふっと浮き上がったかと思う間もなく締めつけられた。あっ、と声が漏れ、抱きついた。早希の腕に包み込まれる。下半身は痺《しび》れて今にもエキスを漏らしてしまいそう。それを必死に堪えるということが、これほど持続的な快楽を伝えてくれるものだとは思いもしなかった。ミノリとのどちらかといえば一方的で淡白なセックスとはまるで別の、まさに生きているもの同士の交わりあいであった。

――替わって。

抱き合ったまま、二人はくるりと一回転し、今度は私が上になった。二人は、姉になったり、兄になったり、妹になったり、弟になったりしては、痺れをぎりぎりのところで我慢しながら、役割を交代しあった。

同い年であるということは、くすぐったい恥ずかしさに満ちていた。上でも下でもない関係というものがセックスを赤面させて、近親相姦にも似た不思議な興奮を引き起こした。痛みを支え合うような同級生感覚の交わりには、情が染みた。

3

溺れていけばいくほどに二人はお互いの体にしがみついていった。

鬱積《うっせき》していた日々への反動が、二人を欲望の排出へと走らせた。回数はさらに増え、大胆にもスタジオで抱き合ったり、私の家に訪ねてくるようにもなった。何かにとり憑《つ》かれたかのように、性に浸りきった淫《みだ》らで怠惰な時間が流れた。その何かをエロスと呼ぶことにしよう。二千五百年前、プラトンはエロスについて面白く正しい仮説をうち立てた。彼はエロスを人間それぞれが完全になるために、自我に対する補充分を結合しようとする衝動、と書いた。私と早希のこの無常な関係はつまり、お互いの中に欠けた、或いは生まれる前に既に捨ててしまったもう一方のセクシャリティを取り戻そうとする衝動とも言える。

ある日、ベッドに、早希の香りが一滴染みついていることを発見した。彼女と抱き合った翌日、香りで起こされた。なんだろう、と犬のように鼻で在り処を探してみるが、彼女が別れ際にこっそりと隠したに違いない香水の一滴を見つけ出すことは出来なかった。次の時に、わざと香りを残していっただろう、と早希を問い詰めた。彼女は歯茎が見えるほどに大きく、可憐《かれん》な少女のような幼い表情で、笑った。二人の間がいっそう縮まっていく喜びと不快感を同時に覚えた。

——なんという名の香水だったっけ。

ベッドの上で彼女を背後から抱きしめながら訊《き》いてみた。

——ジャルダン・バガテール。

彼女に続いて真似《まね》てみるが、簡単には発音ができない。

——ブーローニュの森のはずれにあるバガテール庭園をイメージして作られた香水だからでしょうね、初夏の庭園を流れていく風を思い出すわ。心休まる優しい香り……。一番お気に入りなの。

——香水のことはよく分からないけど、このフローラルの匂いは好きだな。

早希の髪の毛を手で静かに払いのけ、項《うなじ》に鼻を押しつけ、わざと強く嗅いでみた。彼女の体が敏感に反応する。皮膚を刺激が駆け抜けていくのが分かる。感じていく部分に粒々のさざ波が走る。たまらず、ぎゅっと強く抱きしめた。

――上品な大人の香りだね。

――ええ。

――静かだけど、芯《しん》に大人の女の精神の強さのようなものを感じる。君にぴったりだ。

――ありがとう。

何度嗅いでも飽きることがない。今日はどこに隠したんだい、一滴を――。

さあ、どこでしょう。探し、て……。

早希の体が撓《しな》った。耳たぶを軽く噛《か》んだからだ。それから舌先を、しかし決して力を込めずに、柔らかい状態のまま、耳の穴の奥へと静かに差し込んでみた。そこにエロスの妖精が隠れ潜んでいるような気がしたからだ。早希の熟した体が奥の方から震え、漏れた声が次第に高くなっていった。

愛について今は考えるのが怖い。人間は多分生まれる前に自分の半分のセクシャリティを捨てた。生まれた後、だから人は異性を恋しく思うのだ。生殖器が付いていたり、付いていなかったりするものをはげしく想像しては、人は恋をくり返していく。タイではアンドロギュヌス（両性具有者）を尊ぶならわしがあるし、不思議なことに、タイにはアンドロギュヌスが多い。仏像を見る時、私はいつもそこに完成されたエロスを発見する。仏像のアルカイックな微笑の中にこそ真のエロスが存在しているのだ。

早希が我慢できずに振り返る。腕が私の体を強く抱き寄せる。それから二人はお互いの欠落箇所を埋めあうように長く切ない接吻を繰り返す。

4

夕刻の弱々しい光が彼女の背中、臀部、足を照らす。横たわる早希の体は臀部を少し持ち上げ、腕で胸を隠している。私の位置からは彼女の顔が見えない。そろそろ帰るわ、と彼女が小さく呟いてからもう随分と時間が流れた。心が次第に現実に戻るに従って、二人の間にも小さな川が生まれる。

——ミノリさんの体と比べたりしないでね。

視線を感じたのか、早希が振り返って告げた。胸は手で隠したままだ。

——比べたりしないさ。

——嘘、時々抱かれている最中に比べてるんだなって分かるわ。

笑って誤魔化した。比べない男なんていない。比べない女なんていない。比べてはいないと言い張る人は過去が未来に関わりが無いと勘違いしている人である。

——そうでしょ、白状して。

こんな顔もするんだ、というような子供っぽく愛らしい表情をしている。大きく口を開いて笑う。綺麗な歯が薄い唇の内側に整って並んでいる。歯茎の桃色は三十代とは思えないほど鮮やかで、彼女が見せびらかしたくなるのも無理はない口許の若さである。ミノリにはない表情だ。政野の後ろにいる時の暗さは作り物だったということが分かる。知的で母親のような顔を政野の前では崩さないが、それがポーズだという気がしてくる。政野に愛されたくて、自分を政野風の鋳型に無理やり押し込めているのであろう。

この人は本当はもっと素直で天真爛漫《てんしんらんまん》な人なのだ。早希という女は、隠れたところに意外を沢山持っている女性なのである。

——彼女は私よりずっと若いし、綺麗だから。

——君の体の隅々に配置された美に感動していただけだ。

——それって、褒めてるの？

——勿論だよ。君は生き残る美を持っている。

——生き残る美？

——例えば十代の女性は若いということで大概の子は可愛らしい。それは若さの特権というやつだろうね。例えばこうだ。一万人の十代の美人がいたとしよう。

——一万人の十代の美人か、ふふ、あなたらしい言い方だわ。

早希が微笑んだ。儚《はかな》い微笑み、というものがある。口許の笑みはいとおしさだけを伝えて弧を作っている。目元と口許だけで微笑み、意識は相手への恋情で溢れそうになっている、そんな微笑みのことだ。

——そう、一万人の十代の美人。しかし二十代も後半になると、若さに委《ゆだ》ねていただけの女性の半分は美しさを失う。

――厳しいのね。

――さらに三十代になると今度は極端に美人の数は減る。一万人の美人が二十年後には千人もいないだろう。結婚で家に入り、主婦業や育児などの日常の瑣末《さまつ》に追われて、美を磨くことを怠るためだ。しかも近所の婦人方とお喋《しゃべ》りをするだけの日課に埋もれて、意識や英知を磨くことも忘れて、ただのおばさんになっていくんだ。四十代、五十代と進むにつれていっそう美人指数は激減していく。六十歳にもなって、人々を感動させる美を持った女性は、最初の一万人の中に何人残っているだろう。

早希はいい年の取り方をしている。彼女の顔に当たる光にさえ、洗練を感じる。

――これは男にも言えることだが、磨いたり、鍛えたり、気にしたり、意識したり、高めたりしていないと、人間は美しさをどんどん失っていくことになる。重要なことは、年を重ねてもなお自分を捨てず自分を磨き続けていられるか、ということなんだ。

早希は恥じらい、目をぱちくりとさせた。

――それこそ本当の美人だよ。

――ちょっと、褒めすぎ。

――ああ、君は美しさを放棄していない。しかもその美はいっそう高められていて、感動さえする。

――やめてよ、馬鹿にしてる？

――まさか。

早希の腰に手をあてた。

――つまりそういう美しさは内側が重要な要素になる。内側、つまりここだな。

頭の、こめかみの辺りを指さしてみせた。口調はどこか冗談でも言うようなおどけた感じで、しかし目は真剣に。おどおどとした新人の役者が、演出家に挑むような気持ちで、告げた。

――六十歳の自分なんか想像もつかない。

――そうかな。六十の美しい君はぼくの目の中にいるけど。

早希の目を見つめた。その黒目は原因の分からない未来に対しての不安で微かに震えていた。誰かを、いとおしい、と思うのはそういう時である。

――もう若くないでしょ。若さが無くなってから、それを挽回しようと必死だった。政野に愛されたくて、彼を失いたくなくていつも必死だった。彼が若い女性へ目移りしないように必死だった。それだけよ、頭なんか全然関係ないわ。

私は彼女の瞳の中に吸い込まれていく自分を感じた。

――愛されたい、と願ってただけ。

――愛か。

っていたかも。

——愛が私をなんとか怠慢の対岸へ上陸させなかっただけ。あの人がもてない男で、才能もなくて、何より私があの人をこれほど愛していなければ、私だって年相応の女性になっていたかも。

どちらからともなくため息をつき合った。これほど激しく求め合った後も、彼女の中には政野英二が支配的にはびこっている。

人間はいつ愛する方法を学ぶのであろう。小中高を通して、教師は誰も本当の愛について語ることはない。いかに愛するか、という授業もない。なのに愛は、人類が英知を振り翳《かざ》す前より、もっとも重要なテーマであった。人間は自分たちがいつも他人を愛しそこねていることの中に、いかに愛するべきかのヒントを探さなければならないのだ。失敗だけがただ一人の愛の教師である。

——でも、今は少し変化が起きているのよ。あなたと出会って私は少し変わった。いつも愛に怯えて過ごしていた自分とは違うもう一つ別の自分を知ることができた。これが愛かどうかはまだ分からないけれど、でも強く引かれる。あなたがミノリさんのことを忘れられずに私といることは分かっているけど、でもこうしていると、こうしている瞬間だけは純粋に私と向かい合ってくれているんだな、というのは分かる。だから私も本当の自分を見せることが出来る気がする。あなたにだけは政野にさえ見せることが出来なかった本当の自分を見せることが出来る。それはどういうことかな。

関係を持つ前の早希は鉄仮面を被《かぶ》った女兵士のような強靭《きょうじん》さを持っていた。しかしこうして何度も交接を繰り返した今、腕の中にいる彼女は、女兵士どころか、石橋の上で恋人の帰りを待つ身重の女のような、全く別の人間らしい人間に思える。ますます彼女に引かれていく理由は、強さと弱さを同時に抱えて必死で立とうとしているひたむきな姿だ。彼女は愛に生き、愛に死ぬ気なのだろう。

——どうなると思う、これから。

早希の声が力なく室内に響いた。太陽は西の空に沈み、室内も次第に暗く落ち込んでいく。

——分からない。

——そうよね、誰にも未来のことは分からない。

早希を抱き寄せようとして、私は自分の体を抱きしめていた。

5

翌週、政野の提案で四人で食事をすることとなり、麻布のフレンチレストランに出掛けた。不安は大きかったが、一方、早希と肉体関係を持った後、四人の立場がどう変化しているのかが、気になって仕方なかった。

店に入るとまず目についたのは、仲良く談笑をする政野とミノリの向かい合う姿であった。足が不意に止まり、しばらく二人を眺めた。自分の気持ちがどう動くのか様子を待った。意外なことに、嫉妬は起きなかった。少し前なら、見つめ合うように語らう二人の姿をまっすぐに見ることなど出来なかったはずである。予防策が効いているんだな、と思わず口許が緩んでしまった。復讐が効果を表している。

早希のことを考えながら二人の前に顔を出した。政野はおどけた顔をしてみせ、ミノリの右隣へ座るように手で示した。

――何を話していたんですか。

問うと、政野が、つまらんことだよ、とはぐらかした。焼《や》き餅《もち》は依然起こらなかった。まだ大丈夫だ。おかしくなり思わず笑みが零れてしまう。

――おい、なんだよ、急に笑いだすなんて。

政野英二が不思議そうに私の顔を覗き込んで言った。目尻がやはり笑っていて、彼にはことの重大さが全く理解出来てはいないようだった。

――すみません、久しぶりに二人の顔をみたものだから、つい。

――へんなことを言うわ。

――そうだ、おかしな奴《やつ》だ。

笑いが収まらなかった。自分が壊れたのかと思うほど胃がひくひくとひきつった。なんとか笑いを堪え、それから改めて二人の顔を交互に見比べた。何故か、やっと対等になれたような気がした。間違いなくこれは復讐の成果である。早希が仕組んだ復讐は効いていた。二人がどんなに強く見つめあっても、もう苦しくはなかった。

――政野先輩とミノリが仲良くしているのを見て、なんだか急に嬉《うれ》しくなったんです。そんなことを平気で言える自分がまた愉快でもあった。政野は微笑み、ああ、この子は面白い、話せば話すほど愉快な子だ、と言った。ミノリはその言葉を正面から受け止め、はにかんだ。いつもならここで激しい嫉妬に見舞われるはずだったが、まだ大丈夫であった。全然、大丈夫じゃないか。

――愉快な子か。そんな風に感じたことはなかったな。むしろぼくにとってミノリはずっと冷静な人でした。

――いや、そうなんだけど、でも時々突拍子もないことを言うじゃないか。

少し驚いた。突拍子もないこと？

――何というわけじゃない。一つ一つ覚えているわけではないけど、会話の先々でちょっとしたことを言う。それが面白いんだな。

――何を言ったんだ。

ミノリに問いただした。

――別に何も言わないわ。普通にしているつもりなんだけど。

――普通だけど、私には愉快なんだよ。物静かに語るわけだけど、どんどん引き込まれていく。冷静に他人を見ていて、その分析の仕方に驚かされる。例えばここに今早希がいないけど、彼女のことを愛に生きる女性だと言った。

私は笑ってはいなかった。じっとミノリの顔を見ていた。ミノリは政野を見つめ、やめてください、彼女が聞いたら誤解されてしまいます、と抗議した。学生に人気の大学教授に若い女子学生が甘えているような不愉快な雰囲気が漂った。

――早希さんは、政野さんに心底惚《ほ》れていらっしゃって、そこが私は好きだし、尊敬できる、と言っただけです。愛に生きる女性だなんて短絡的な言葉は使っていません。

――ほら、その口調。どこか全体を見つめていて、最終的に自分で糸を操ろうともくろんでいるような野心の口ぶり。私はそういうあぶなっかしい雰囲気を持つ君が面白いと言っているんだよ。

――早希さんが政野さんへ向ける眼差しには、長く寄り添った夫婦が持つ怠惰な関係が一粒も隠れていません。政野さんへの愛情の深さは、まるで乙女《おとめ》が持つ純粋な愛情そのものです。そういう愛情を持ち続けることができる彼女が、女として羨《うらや》ましいと思うだけです。同時にお二人の愛の深さにも……。

――聞いたかい。

政野英二は私に擦り寄ってきて、耳元に息を吹き掛けるような具合でそう言った。視線はミノリに向けられたままだった。コンクリートで塞いでいたはずの心の蓋が下から物凄《ものすご》い圧力で押し上げられようとしているのを覚えた。

――この子はいつも恐ろしいほどに世界を分析している。君は凄い子を発掘したな。

政野英二とミノリは微笑みあった。その微笑みにはどこかにまたしても嘘が隠されていた。私にはそれを見抜く自信がなかった。早く援軍が来ないか、と早希の到着を首を長くして待った。しかし結局デザートが出される段になっても彼女は現れなかった。私はかつてないほどの失意に今やその場に倒れ込みそうなほどの落胆を覚えてならなかった。

――こないなあいつ。朝は来るようなことを言ってたんだけど。

ハーブティーを飲みながら政野が言い、それを受けてミノリが、ひさしぶりにお会いしたかったのに、とどうでもいいような口調で付け足した。

## 第五節　芳香の丘

### 1

夏が濃く香った。重たく力強く繁《しげ》る季節のはじまり。

私は癒しの音楽を作りながらも日々心は癒しからもっとも遠いところを彷徨《ほうこう》していた。スタジオの計器は美しく灯《とも》り、旅客機のコックピットから夜の摩天楼群を眺めているようなロマンティックな世界をそこに出現させたが、それらの視界が私の苛立《いらだ》ちを緩和させてくれることはなかった。

政野早希が私の部屋を訪ねてくるようになってから、私はますます精神的にがんじがらめになっていった。春が終わり夏が香りはじめると、汗ばむ二人の肉体は欲の濃度をいっそう強め、粘りけを増した。

一方政野英二とミノリの浮気の尻尾《しっぽ》をつかむことはできなかった。二人は相変わらず見つめ合うような距離を保ち、表向き熱心に仕事を続けていたが、早希も私もそこに隠された嘘を炙《あぶ》り出すことはできないでいた。

2

早希は私よりも痛んでいた。

彼女の黒く神経質な目玉はいつもここではないどこか、私の部屋の窓際にもたれてビルとビルの隙間《すきま》に覗く都会の空なんかをぼんやりと見つめていた。政野がミノリに傾斜していく、と彼女は呟き、その亡霊のような嫉妬から逃れる為《ため》に私を求めた。私が彼女を拒まないで受け入れることができたのは何故だろう。ミノリを取られようとしている寂しさからか。本当にただ未来の浮気に対する復讐のためか。しかしそれだけではない。壊れていく早希をどこかで美しいと感じはじめていたせい？

最初、彼女は可哀相な女で、お互いの心の亀裂を埋め合うための道具で、寂しさを紛らわせるための同志だった。しかし交接の回数が増していくうちに私はミノリへの思いとは別に早希へのある特別な恋情を募らせていくようになった。

それは哀れみではない。自分に似た立場の彼女への同情でもない。愛に生き、壊れ続ける美への敬意のようなもの。彼女が惨めさの中で喘《あえ》げば喘ぐほど、その横顔は私を魅了した。モノクロームの嫉妬を抱えて苦しむ彼女の背中は、中世の彫像が永遠に不自然なポーズを強制させられているような人間的な美に縁取られており、私の心を動かした。

# 3

早希は週に三度ほど私の部屋を訪れた。朝方までいることもあった。

——もう、帰った方がいいんじゃないか。

その日も早希の目は明け方の暁闇《ぎょうあん》を彷徨い虚ろだった。力なく首を振ると窓を閉めてうなだれ、自分に言い聞かせるように執拗《しつよう》に何度も小さく首を振るのだった。

——どうせ帰っても、眠れないわ。

背後からそっと抱きしめてみる。

政野の背広の香りを嗅いで、彼の一日に嫉妬するのは沢山、と苦笑しながら呟いた。これらの会話は常日頃延々繰り返されてきたもので、会話というよりはお互いの存在の確認のようなやり取りであった。

ふと、ミノリが置いていったラベンダーの精油があることを思い出した。私はチェストの中を漁《あさ》り、親指大の小瓶とアロマポットを捜し出した。上部の凹みに水を張り、精油を三滴垂らした。下部の穴に専用の蠟燭を入れ、火を付ける。灯を消し、それを部屋の隅に置いた。十分もすると室内にラベンダーの香りが漂いはじめた。ビル街の空を見上げていた早希が振り返り、何？　と聞く。

——ラベンダーの精油だよ。

——そうか、この香りはラベンダーだわ。

二人は壁際に置かれたアロマポットの中で揺れる蠟燭の炎を見つめた。早希の眼球の奥で光がスローダンスを踊っている。

——どこだっけ？

——何が？

——ラベンダーの丘があるでしょ。

——ラベンダーの丘？

——富良野でしたっけ？

——ああ、美瑛《びえい》とか上富良野《かみふらの》とかだね。

——行きましょうよ。確か夏よね。丘一面に紫の花を付けるのって。

ミノリとずっと行く約束をしていながら、行けずにいた場所でもあった。ミノリは何度も行ったことがあり、案内をしたいと言っていた。そこは痛んだ心を持つ人には心を休めるのに最適な丘があって、一面ラベンダーが咲き誇っているの、とまだ二人が良好な関係にあった時期彼女はそう説明をしてくれた。しかしその約束が果たされる前に、彼女はここを出ていった。

——行こうか。

早希の瞳が輝いた。

——行きましょうよ。この狭い空しか見えない都会から抜け出して、どこまでも地平線の広がる北海道の大地を見に。夜が明けたら、その足で空港に行って……。

——ちょっと待って。これから？

——ええ、朝一番の飛行機でよ。

——ぼくはいいけど、君はまずいだろ。

——大丈夫。一日や二日行方不明になっても政野は気がつかない。気がついても問い詰めない。もしも問われても、実家に行っていたと言えばそれでお終い。確かめることもしない。無関心なのよ、仕事とミノリさんのこと以外には……。

私は早希の瞳の奥を覗き込んだ。体が「行こう」と囁いてくる。頭の中のスクリーンに、まだ見ぬ富良野のラベンダー畑が広がった。風を受けて静かにそよぐ紫の花の丘。そうイメージするだけで心の痛みが癒されていくような気がした。

——よし、行こう。

早希の口許に笑みが零れた。

——凄いわ。本当に行くのね。

俯き、無気力にうなだれていた彼女の肉体が敏感に反応し、むくむくと起き上がってくるのが分かった。

——ああ、行くんだ。

——何かが変わるかしら。

——分からないけど、行ってみたら分かるさ。

夜が明けるとその足で羽田を目指した。何処《どこ》行きの飛行機に乗ればいいのかも分からなかった。とにかく、空港に行ってチケットカウンターで富良野に一番近い飛行場までの航空券を購入することにした。二人はまるで中学生が夏休みの旅行にわくわくするような気分を抱えてはしゃいだ。

荷物は何もなかった。コンビニで彼女は下着を、私は旅行用の歯ブラシを買った。それを小さな鞄《かばん》に詰めて出掛けたのだ。

羽田空港で、富良野に一番近い飛行場が旭川《あさひかわ》空港であることを知り、行きの分のチケットを二枚購入した。笑みは零れ続けた。時間まで空港内のレストランで朝食を食べて時間を潰《つぶ》した。突然決まった旅。気がついたら空港にいることに興奮した。いつも飛び越えられないでいた線を簡単に越えてしまったような不思議な軽やかさが肉体を駆け抜け、同時に魂の芯を疼かせた。

離陸する機内で私は早希の手を握りしめた。彼女のウキウキした温かい横顔を見るのは初めてのことだった。

4

旭川空港からタクシーに乗った。運転手にラベンダーの丘を見たい、とだけ告げた。お客さん、新婚旅行ですか、と聞かれたので、そんなもんかな、と返事をすると、早希が一瞬こちらを振り返って微笑んだ。

——それならいいところがある。

運転手は土地の者らしい優しさに満ちた声で応えた。車はラベンダーの丘を目指して国道二三七号線を走った。美瑛町《びえいちょう》から上富良野へと車が進むに従い茶褐色に色づく小麦畑が道の左右に広がっていった。

——二十年ほど前はさ、この辺、国道二三七号線沿いには多くのラベンダー畑があったんだ。そこら中に紫色の花園を見ることができた。でもだんだん減ってしまってさ、最近では町も道《どう》もその復興に力を注いでね、観光用としてだけどようやく育てはじめた。その成果があってか、ここ数年丘に紫色が戻ってきたんだ。

冷房を消してもらい、窓を開け、外の空気を嗅いだ。都会では嗅ぐことのできない新鮮な空気が心を慰める。ああ、と心の中で思わず感動のため息が漏れた。

——ラベンダーは色合いも芳香も間違いなくハーブの女王様だな。

運転手の笑みが二人に感染した。美馬牛《びばうし》峠《とうげ》に入ると視界に紫に色づく丘が見えた。ラベンダーの花が風に揺れている。それは緩やかに傾斜する丘の斜面にどこまでも果てしなく広がっていた。タクシーを路肩に待たせて、二人は歩くことにした。

ラベンダー畑の中に足を埋もれさせながら、私たちはゆるやかな傾斜を登った。待って、と早希の声がした。紫に輝く畑の中で足を取られながらも登ってくる彼女を振り返った。手を伸ばすと、早希がしがみついてきた。バランスが崩れ、二人は畑の真ん中で抱き合う恰好となった。彼女の肩に手をあて、ぐるりを見回した。四方をラベンダーに囲まれている。遥《はる》か彼方《かなた》にタクシーが停車しているのが見えた。

風が芳香をまき散らす。肺の中にそれらをかき集めるような勢いで吸い込んだ。早希も真似をして嗅いだ。二人は何度も何度も香ばしい空気を嗅ぎ続けた。

5

丘の上にたどり着くと二人は四方を見回した。紫色の丘の反対側には赤茶けた小麦畑があり、先に黄色く色づくヒマワリの畑があり、その遥か遠くに十勝連峰が見えた。色の違う絨毯《じゆうたん》を並べたような美しい丘が幾重にも続いている。そして上空に長閑《のどか》に漂う雲があり、その隙間から光芒《こうぼう》が大地へと一閃《いっせん》降り注いでいた。

一本の白樺《しらかば》の木が少し先の丘の頂上にあり、二人は手を繋いだままそこまで青草を踏みつけながら歩いた。時間を忘れた子供のように。

我々がロボットではなく生きた人間であることを思い出した。生きているんだ、と心の中で呟くと、自然に相好がくずれた。

白樺の袂《たもと》で二人は口づけをした。それは汚れたキスではなく、血の通った温かい接吻であった。しばらく抱き合ったまま動かなかった。いや、動けなかった。それぞれの視界を見つめたまま、お互いの心の疲れを癒した。タクシーを待たせていたのは知っていたが、そこから動きたくなかった。早希も同じ気持ちであったはずだ。動こうとすると彼女の腕先に力がこもって引き寄せられた。

——来てよかったわ。

ああ、と応じた。彼女の背骨を指先でなぞってみる。すると彼女も私の背骨を上から押した。体中に血が通いはじめているのが分かる。大地のエネルギーを吸い上げている。細胞や筋肉や神経や骨が喜んでいるのだ。

もう一度空気を吸い込んだ。

——来てよかった。

言うと、今度は早希が、ありがとう、と意味ありげに返した。

6

その日、二人は美瑛町の小さなホテルに夫婦を装って宿泊した。四角い窓枠が一枚の絵画のように夕日に薄紅色に染まった十勝岳の麓《ふもと》を切り取っていた。夕食までの間、何もせず、そこに椅子を持ちだし腰掛けては、ただじっと山並みを見つめた。言葉が無くても沈黙が苦しくなかった。普段見ることのない美しすぎる風景を目の当《ま》たりにして言葉を何度も飲み込んだ。

その時、おかしなことに未来への不安は消えていた。長閑に流れる時間が急ぐことはない、と引き止めてくれているような感じだった。山並みは夕焼けに染まり、山頂の辺りにひっかかった雲が、ノンビリと移動していくのをただ見つめながらも、都会から持ち込んだ体内リズムが緩やかに静止していくのを覚えた。

夜、二人はベッドの中で並んで横たわっていた。私は仰向けになったまま手を伸ばし、早希の皮膚に触れた。浴衣《ゆかた》の中に手を忍ばせると、小さいが形のいい胸に至った。

早希の方を向いた。彼女は天井を見上げたまま動かなかった。乳首を指の腹で優しく時間を掛けて愛撫《あいぶ》した後、ゆっくり腹部へと手を下ろした。もう一方の手で浴衣の帯を解き、彼女を包み込んでいたものを全て払いのけた。細い裸体が窓から差し込む月光によってベッドの上に青白く浮き上がる。

下腹部の茂みの中に指を入れると、早希の体がぴくりと反応を返した。

――待って。お願いがあるの。

早希が顔をこちらへ向けてそう告げた。

――復讐のために私を抱くのではなく、今夜だけは私を好きだから抱いてほしいの。

迷わず、その唇に自分の唇を重ねた。待ち焦がれていたように早希の体が跳ねた。愛しい、と思った。細い白樺の木のような彼女の体を強く抱きしめた。

――好きだよ。

口から言葉が勝手に零れ出た。

――私もよ。

ベッドが軋《きし》み、彼女の吐息が零れた。堪らず彼女の頭を抱き寄せ、いっそう激しくキスをした。私の舌先が彼女の隠れ潜む本当の心を探して彼女の口腔《こうこう》を泳いだ。奥の方で萎縮していた早希の舌を揺さぶり起こすと、二人はまもなく沼の底で激しく絡み合いダンスを踊った。今までのような苦しいセックスではなく内側から満たされていく至福の交接であった。

長い夜を泳ぎきった後、二人は仰向けに寝て、手を繋いで天井を見上げた。昼間感じた感動が、繋がれた手を通して行き来した。早希の手に力が籠もる。

――未来がどうなるか分からないけれど、今この瞬間はとても幸せ。

早希の囁き声は心地よく室内に響いては消えた。

――ありがとう、私をここに連れだしてくれて。

握りしめられ、握り返した。

──好きだって言葉に後悔はない？

ああ、と戻した。ミノリに対して持つ気持ちとは全く異質の愛情を私は早希に感じている。

──好きだ。

もう一度自分を確かめる意味で冷静にそう呟いてみた。自分の気持ちが揺れないか試すために呟いたのだった。しかし気持ちはしっかりと堅固に動かなかった。

──私もよ。

早希の声が返す波のように静かに戻ってきた。

二人は手を握りあったまま眠った。心の温もりがいつまでも持続し、その夜私は悪夢にうなされることもなく静かに熟睡することができた。

7

生まれてから今日までいったい自分が何度目覚めてきたのか数えたことがない。様々な朝があった。生まれ変わったような気分ではじまる一日もあり、どうしようもなく厭世的《えんせいてき》な気分でふさぎ込んで起き上がる朝もあった。なのに必ず、生きているかぎり朝はやって来て、一日ははじまった。

美瑛での朝はかつて経験したことがないほど透明で澄んでいた。私ははっきりと自分が生きていることを認識しながら目覚めることができた。筋肉や骨から疲れやけだるさが抜け落ちていた。寝ているあいだに、着ていた潜水服を脱ぎ捨ててしまったような軽さである。

早希を起こさないようにベッドから静かに抜け出し、窓外を眺めた。十勝連峰の辺別岳《べべつだけ》と美瑛富士の山間《やまあい》に帯状に棚引く一塊《ひとかたまり》の雲があった。朝日を受けてそれは黄金色に輝いている。

こっそり部屋を出ると、ホテルの誰もいないロビーを通り、表に出た。光の粒子の一つ一つが見えるような気がするほど朝の空気は澄んでいて肺に染みた。鳥が啼《な》いていた。丘の方から風が流れてきた。風を正面から受けて歩き、牧場を抜け、赤紫のリアトリスの花が咲く原っぱを横断し、丘を再び登りはじめた。

自分が抱えている苦悩がとても小さく感じられるほどそこは広大で美しかった。何度も深呼吸をした。癒しの中庭を作るという行為が人間の愚行であるような気がしてきた。アトリウム内に、どんなに美しいメロディを流し、どんなに優しい香りを漂わせても、それは人工的な世界のたんなる脚色に過ぎないのではないか。神経や細胞の疲れがその程度の演出で癒されるとは思えない。実際その音楽を担当する自分が壊れて苦悩し痛んでいるのだから、始末におえない。

今、目の前に広がっている圧倒的な自然の力こそ生命を再生させる唯一の力に他ならない。機械で管理しコントロールされた癒しの中庭などたんなる茶番だし、人間の傲《おご》りでしかない。

私は朝露に濡れた青草の丘を登った。白樺の木が数本丘の上に綺麗に整列していた。太陽がその向こう側から昇ってきた。赤みを帯びた陽光が丘の縁を輝かせる。背中から腕先まで鳥肌が走った。自然が自分の小ささを見つめなおす機会を与えてくれた。自分の体を抱きしめてみる。生きているんだ、と実感した。

ミノリに愛されたいと思って生きてきた自分がふいに愚かに思えた。愛されたいと願っているだけの弱い自分に思わず笑みが零れた。輝く太陽と出会うためには丘を登らなければならない。

白樺の木を抱きしめてみる。大地と抱擁をしあった気持ちになる。ああ、生きているんだ、ともう一度思った。太陽が世界を浮上させていく。太陽の光が跳ねてそこら中で踊りはじめた。私はもう一度大きく深呼吸をした。それから振り返った。美瑛の町が見えた。丘陵地帯に広がる可愛らしい町並みである。

丘の麓からこちらへと向かってゆっくり登ってくる早希の姿があった。彼女は手を振っていた。私も手を高く上げ、振り返した。大きく何度も。それに応えるかのように、おーい、と早希が叫んだ。一陣の風が二人の谷間に注いだ。

# 第三部　出口

## 第一節　愛の休息

### 1

入口があれば、必ず出口がある。

入ったからには、いつかは出なくてはならない。それは人の一生というものによく似ている。

………

父と母の偽装結婚には終わりは無かった。二人がいつかは終焉《しゅうえん》を迎えるものだと思っていたので、これは意外なことであった。愛人をそれぞれ持ったまま、二人は一生を添い遂げようとしていた。何故《なぜ》、真実の愛を選択しないのか、私には理解ができなかった。社会的な体裁を保つために、自分を犠牲にしているのである。

私が高校生の頃、二人が大喧嘩《おおげんか》をしているのを偶然に目撃したことがあった。私が外出していると勘違いしたのか、それとも私のことにまで気が回らないほどに切迫していた何かがあったのか、とにかくそれはかなり激しい言い争いであった。

　原因はどちらかの不倫が露呈してのことだと、最初は思った。しかしそうではなかった。たんに社会通念の問題についてであった。外からどう家が見られているのかというくだらないことについての議論なのである。つまり外側さえ安定していれば内側の崩壊はどうでもいいということなのだ。

　奇妙なことに二人は同じ意見を持っていながら、言い争っていた。その時点では、私は二人が愛し合っていないのだと考えた。社会的な体裁だけを護《まも》るために、家庭を維持しているに過ぎないと誤解した。

　しかしこれも短絡的な見方であったことが最近になって少し理解できてきた。二人は私が大学を卒業して社会人となってからも、離婚をせず、一緒に暮らしているのである。その間、二人はそれぞれ愛人との別れを経験していた。二人の衣服の匂いがたびたび変わり、二人の行動が時期によって様々に変化したせいで、それぞれの相手が替わっていることを私は悟るのである。しかし私が分かるくらいだから、彼らもお互いの浮気を知っているはずであった。とすればなんと破廉恥な親であろう。お互いの浮気を黙認しているということになり、それでもなおかつ二人は夫婦を持続しているのである。いや、不倫をそもそも悪いことだと思っていないのであろう。もしかすると不倫は家庭を新鮮に保つ運動のようなものだと彼らは認識しているのかもしれない。

彼らは今でも夫婦を装い、幸福そうに暮らしている。そこで私が導き出した結論は、我が親はもしかすると特別な愛で繋《つな》がっているのかもしれない、というものである。お互いに愛人を作りながらも、それぞれの自由を満喫しては、精神的にどこかで尊敬しあっていたのかもしれない。理解しにくいことだが、現実に二人が別れず、一生を添い遂げようとしている姿を見ると、もしかしたらそのような奇天烈《きてれつ》な愛がこの世に存在するのかもしれないと思わざるを得ないのである。

愛を定義するのが難しいことは、親を見て学んできたはずであった。愛とは何か、という質問は、宇宙はなぜ存在しているのか、という問いと同じ程度に難解すぎる。ただ私が両親の人生を傍観して知ったことは、愛しているよ、という言葉の本当の意味が、状況を維持して、崩壊を先延ばしにしよう、である。

父と母には出口がないように思われる。それは果てし無い嘘《うそ》と果てし無い騙《だま》し合いのせいで、真実に脅かされないで済んだからに違いない。

## 2

夏の終わり、私は「牧神の休息」を完成させた。

その試聴会が行われたのは九月も半ばのことで、政野設計事務所の会議室には政野英二、ミノリ、早希という顔ぶれが久しぶりに揃《そろ》うこととなった。他に設備の人間や、私のアシスタントなどが席を温めていた。早希への気持ちに変化はなかったが、ミノリと政野英二が並んでいる姿にどうしても目がいった。気にするな、と自分に言い聞かせても体の方は正直で、二人がすっかり打ち解けてさらに距離を縮めている様子を見るだけで、心臓の鼓動が速まり、つい俯《うつむ》いてしまうのだった。

アシスタントの葛西が、DATテープをデッキにセットし、早々にスイッチを押した。単調な旋律のシンセ音がスピーカーから流れはじめる。

――「牧神の休息」は四楽章から成っており、それぞれ第一楽章を「ゆらぎ」第二楽章を「たわみ」第三楽章を「いぶき」第四楽章を「曼陀羅《まんだら》」としました。当初の予定とは少し異なり、この曲は主に昼休憩の時間に流すことだけを考えて作られました。出勤時や終業時の楽曲は別のバージョンで対応したいと思っております。

葛西が私に代わって説明をした。彼の声を聞きながら、私は自分が小さく萎《しぼ》んで消えそうになるような気分を味わった。

――昼休みに流すことを考えて、各十五分、全体で丁度一時間という時間構成にしました。最初の章「ゆらぎ」では仕事からの解放の喜びを、ここはお聞きの通り単調な音の連続で、わざと短いメロディを繰り返し使用し、やや眠気を誘うように作られています。第二楽章「たわみ」ではリフレッシュをテーマに、第一楽章よりは長いメロディが生まれて、体内の調和と心身のリフレッシュを応援します。第三楽章「いぶき」では食後の満足感と午後の仕事へのやる気の回復、それから心の準備をテーマに多少リズムをプラスし、といっても原始的な打楽器の音のような素朴なものを低く使用した程度ですが、血液の流れや肉体の活性を促すようにしました。そしていよいよ第四楽章「曼陀羅」ですが、ここでは仕事へと戻っていく気力の復活をバックアップするための躍動感ある構成にしてみたのです。尤《もっと》も音楽として体《たい》を成しているのは残り五分ほどで、後は前の三つの楽章の延長線上のような環境音楽的サウンドです。しかしメロディやリズムは次第に強くなっていますし、休憩の一時間を締めくくるには丁度いい終わり方になっていると思います。

外は雨であった。葛西が説明を終え着席した。一同が音楽に耳を傾けている間、私は一人窓ガラスを流れる雨の雫《しずく》がつくり出す流麗な模様を眺めていた。疲れを癒《いや》すはずの「牧神の休息」は私の心のささくれを癒してくれそうになかった。人間には休息が必要なんだ、と心の奥で言葉にした。こんな偽物の音楽で疲れが癒《い》えるわけがない。

一時間が経ち、聞きおえた政野英二が立ち上がると、すばらしい仕事だよ、と興奮気味に告げた。キョトンとしていると強引に握手をされてしまった。

——電子楽器だけで作ったとは思えない完成度だと思う。想像以上の仕事で驚いている。いや失礼。悪い意味に取らないでくれ。予想も出来なかったほどの出来ばえだという意味に取ってほしい。こうやって一時間聞いていても退屈しないばかりか、出来ればもっと聞いていたいと思わせる何かがある。単調な旋律のリフレインが何時《いっ》までも耳に残って心地いい。かといって気分を邪魔するものでもない。なんと表現すればいいのか分からないが、細胞が聞いてしまうんだな。人間が本来持っている生命力を信じて作ったというのが分かる。

そうでしょうか、と気のない返事を戻すと、政野は自信たっぷりに、ああ、君はすばらしい仕事をやり遂げたよ、と頷《うなず》いた。早希を一瞥《いちべつ》した。彼女も満足そうな顔をこちらに投げかけ、素晴らしいわ、と呟《つぶや》いた。

気持ち悪い、と思った。癒しのための音楽だなんて不浄だ。人間のストレスを取るために生み出された音楽が褒められることに、おかしなことだが、何か我慢できないものを覚えた。研究者としてはもっと素直に喜ぶべきことなのだろうが、同時に音楽を生み出した者としてどこかに不満が残った。

3

会議の後、四人で食事に出た。パークハイアット東京の四十階にある和食レストラン「梢《こずえ》」の窓際の席を四人で囲んだ。雨雲はまだ上空に残っていたが、雨はすっかり止《や》み、見晴らしは良かった。夜の帳《とばり》が下りようとしていた。家々の灯が地上にぽつぽつと浮かび上がっては地平線の果てまで美しく広がっている。

私は誰ともあまり目を合わせられないでいた。酒をひたすら呷《あお》り、手早く酔ってしまおうと考えていた。会話のほとんどは「牧神の休息」についてである。どういう発想から生まれたのか、と政野に聞かれ、自分らしくなく綺麗な言葉を並べては適当に応えた。早希とミノリまでもが向き合って意見を交わしている。時折笑みさえ浮かべあって。

八時を回り、四人は席を立った。エントランスホールのある二階までエレベーターで下った。幾分熱も冷め、ガラスで囲まれた狭い空間の中では、四人は会話もないまま、それぞれ好き勝手な方向を眺めていた。四方のガラス面に映るそれぞれの顔をこっそりと盗み見た。誰が誰を見ているのかが気になったからだ。一枚一枚のガラスに一人一人が隠れていて、やはり同じようにそれぞれの視線の行方を気にしていた。ミノリとガラス越しに目があった時、その奥の鏡にこちらを盗み見る早希の顔を発見した。

二階にあるホテル玄関に出るとドアマンが走ってきた。そこはホテルの入口であり同時に出口でもあった。本来入口と出口は同じものなのだった。一つの扉が入口にも出口にもなるのである。つまり入ることと出ることはそれほど違わないものなのだ。ドアマンが右手を威勢よく上げてタクシーを呼んだ。

政野夫婦は自然な流れとして二人で戻ることになった。政野英二にもう一度握手をされた。ドアの閉まった車の中から早希の視線を感じた。私とミノリがそこに二人残ることに不意に危惧《きぐ》を感じたのだろう。さっきまでの安心しきった目つきが一変しており、目は大きく見開かれ、その真ん中で不安げな眼球が光を留めてゆれていた。

走り出した車の窓越しに、いつまでも心配そうな早希の顔があった。その顔に反発してみたくなった。

ドアマンがもう一台タクシーを呼ぶため手を上げようとしたので、私は反射的にそれを断った。ミノリが不思議そうな目でこちらを見返る。

——少し話したいんだが。

自分が何をしようとしているのか分からなかった。ただ、自分には休息が必要なのだ、と心に言い聞かせていた。

4

二人はラウンジのある四十一階へと行くことにした。エレベーターを出てすぐ右手にあるバーラウンジの、やはり窓際の席に腰を落ちつけた。

カクテルを注文し、それを待っている間、ミノリは「牧神の休息」について幾つかの賛辞を述べた後、ちょっと気になることがある、と付け足した。

——今のあなたの精神状態。

——気になる？

——あの曲は確かに政野さんが褒めるほどの傑作だと思う。単にアトリウムで流すだけの環境音楽という域は超えているわ。これまでのあなたの仕事の中でももっとも重要な部類に属する作品に仕上がっているし、CD化して発売したらどうかとも思う。でも、それを作っているあなたの心まで見えるのが気にかかるのよ。

ミノリは、政野とは違った意見を持っていた。

――楽曲の完成度が高ければ高いほど、なんて言うのかな、あなたが何かと戦っている姿が浮かぶ。とても癒しのための音楽には私には聞こえなかったわ。むしろ、ちゃんとした芸術。でも芸術って戦いが生み出すものでしょう。あなたがあの曲と戦っている姿が目に浮かんだわ。私はあの曲に感動したけれど、とてもあの曲で疲れを取ることはできそうにない。

見抜かれていたことに何故か安堵《あんど》した。彼女と交際した歳月がただの意味のない時間の連なりではなかったことを知ることができたことに。

――ご名答。ぼくは疲れている。

――何に？

――君とぼく。

――原因は私なのね。

君だけじゃない。早希もそうだし、政野もそうだ、と言いかけそれを飲み込んだ。そうじゃない、分かってるじゃないか、原因は自分なんだ。私はいつも私自身に疲れてしまうのだった。

――休息を取るために、しばらく日本を離れようと思うんだ。

――どこへ。

――パリに行く。

パリだと決めていたわけではなかったが、その瞬間、ミノリと出会った頃に二人でよく冗談でパリで暮らそうと言い合っていたことを思い出してしまったのだった。口から出任せで飛び出したわりにはパリという響きは自分にとって説得力があった。仕事が一段落したこともあるし、人生を見つめ直す必要もあった。音響研究所から依頼を受けていた幾つかの瑣末《さまつ》な仕事をはじめ、大学関係の仕事など多少調整をしなければならないものも多くあったが、ある程度は葛西に任せても十分事足りた。

――パリか、いいわね。

――疲れた人間を癒すために作る音楽というものに限界を感じたんだ。

――休んだ方がいいと思うわ。

ミノリは私の視線に堪えきれず目を逸《そ》らした。彼女の視線の先に東京の夜景が広がっている。ミノリの横顔に早希の顔がダブッた。タクシーの窓ガラス越しにこちらを見ていた心配しきった虚《うつ》ろな目と顔……。

――政野さんのことをどう思っている?

――どうって?

——好きかと聞いているんだ。

——好きだけど、それはどうもあなたが勘繰っているような意味の好きではないと思う。だって私はまだあなたと別れたわけではないんだから。

別れたわけではないんだから、という箇所が頭の中に強く焼きついてしまう。別れたものだと思っていたせいか、混乱した。

——別れたんじゃなかったのかな。

——そうなの？　あなたは私と別れたくないのかと思っていたのに。

——別れたくはなかった。

ミノリがこちらを見た。眼球に照明の灯が反射して美しく艶《なま》めかしく輝いている。

——私はまだ別れたとは言ってないけど、それともあなたの中ではもうこの愛は終わったものなの？

——じゃあ、君はまだぼくのことを好きなままだと言うのかい。

ミノリは少し考えてから、多分、と応えた。

——多分？

——曖昧《あいまい》でごめんなさい。でもこれはノーじゃないのよ。イエスでもないけど、でも、あなた次第では再びあなたを強く愛せるようになると思うの。

混乱は混乱を呼んだ。彼女の瞳《ひとみ》を覗《のぞ》き込んだまま呆然《ぼうぜん》としていると、どれくらい滞在するの？　とその先を遮るような質問が私を現実に連れ戻した。こんがらがる頭を最後の意思で押さえ込んだまま応じた。

——さあ、分からないけど。貯金が無くなったら戻らざるを得ないだろう。半年くらいじゃないかな。

少しの間があいて、じゃあ、その間に一度遊びに行ってもいいかしら、とミノリ。

——この仕事が終わったら、もっと専門的な香りの研究の為《ため》にロンドンに行こうと思っていたの。向こうが本場だから。その前にパリに寄ってみたい。後ひと月ほどで私の方も目処《めど》がつくから、政野さんに合格点を頂いた段階で休暇を取るわ。落ちついたら連絡をくれる？

小さく頷いてはみたものの、半信半疑であった。ぼんやりと夜景を見つめていると、ミノリの手が伸びてきて私の手を握りしめた。指先が私の指先に絡んだ。何かを求めるような柔らかい誘いである。

二人は暫《しばら》く手を握りしめたまま見つめ合った。

——ぼくは君が政野英二を好きになったのかと思っていた。

——どうして？　どうしてそう思うのか不思議。前にも言ったとは思うけど、私はただ初めての大きな仕事を成功させるために一人になりたかっただけ。野心はあったけどそれだけよ。そう何度も言ったでしょ。

一瞬どう応えていいものか分からず、躊躇《ちゅうちょ》してから、そうだったな、と応えた。

——でもしばらくあなたと離れてみて、分かったことがあるの。あなたは私にとって必要な人だったってこと。勿論《もちろん》、完全に分かったわけではないわよ。これから少しずつ確かめていく必要もある。私のこと知っているでしょ。私はじわじわと心が動いていくタイプなの。少しずつしか人を愛せないタイプの人間なの。一気にはできないのよ。あなたを苦しめたのは謝るけど、こうして時間が経って、自分にも少し自信がついたことで見えてきたものがあったということ。何が大切かということが分かりはじめているということかな。

早希のことを考えた。彼女への気持ちも芽生えていた。今さら後戻りはできない。二つの気持ちの鬩《せめ》ぎ合いの中で私は孤立した。

——政野さんは頼りになるとても素敵な人だけど、それ以上にはならない。それにあの人にはちゃんと早希さんという素敵な奥様もいるでしょ。私は彼女を尊敬している。

ミノリは一度飲みかけの白ワインの入ったグラスに手を掛け、それに口を付け、喉《のど》に潤いを与えてから再び話を続けた。

——テツシとの関係に希望を捨てていない以上、他の男性と恋に落ちることは出来ない女なのよ。確かに、彼のそれとない誘いを感じることはあるわ。正直に言うけど、時々、じっと見つめられることもある。アニマを強く持った動物的な視線。でもそれに応じない限り私はまだあなたのもの。応じるつもりもないんだから、気にしないで。

驚きのあまり一瞬呆然としてしまい、呼吸さえできず意識がふらついた。それから再び早希との関係を思い出して震えた。どうしたらいいのか分からなかった。タクシーの中からの、早希のあの揺れる視線はこのことを恐れての不安な視線だったに違いない。

ミノリは治療を終えて戻ろうとする医者のようにゆっくりと立ち上がった。レシートを掴《つか》み、今日は奢《おご》らせてね、と言った。大丈夫だよ、ぼくが誘ったんだから、とそれを奪おうと手を伸ばした。ミノリは振り返り、いいの、これはテツシの音楽が完成したお祝いだから、とその手を掴んだ。行きかけたミノリはレジの少し手前で振り返った。

そして小さく、じゃあ、今夜抱いて、と付け足した。

5

ミノリの部屋は三階建てのマンションの二階、角部屋だった。神経質な彼女に相応《ふさわ》しく、部屋は隅々まで掃除が行き届き、小ぎれいに整頓《せいとん》され、家具は趣味のいい明るい色の籐《とう》製品で統一されていた。彼女はアロマポットに水を張り、そこにサンダルウッドの精油を二、三滴垂らした。蠟燭《ろうそく》に火が灯《とも》ると、部屋の灯を消した。

どうしていいのか分からなかった。早希のことを考えると全身が重たくなった。部屋の中央で立ち尽くし、蠟燭の炎によって壁に映し出されたミノリの揺れる影を見つめた。

――聞いてもいいかい。

ええ、とミノリは頷きながら、上着を備えつけられた洋服ダンスの中に掛けた。

――どうして急に抱いてほしいと思った？

ミノリは微笑《ほほえ》みながら、さあ、と首を真横に振った。

――どうしてかな。ラブホテルで強引に抱きしめられた時、もうあなたとは絶対に抱き合わないと決めたのよ。あの後、私は屈辱からあなたを憎んだほど。あれがバネになって仕事もばりばりこなせた。でも時が経って、あなたの心のささくれを気づかう余裕が芽生えると、あなたのあの時の行為に隠された感情の轍《わだち》さえ切なく思えだしてきた。

服を掛け終わると、ミノリは冷蔵庫からワインの瓶を取り出し、コルク栓抜きと一緒に私に手渡した。アルザスのリースリングだった。ドイツとの国境の近くで作られたフランスのワインだけど、甘くなくて美味《おい》しいのよ、といつだったかミノリに説明を受けたことがあった。瓶の形は先細りでどうみてもドイツワインにしか見えなかった。いつかパリに行くことがあったらアルザスまで足を延ばしたいわね、と約束をしあった時代のことを思い出しながら、私は栓抜きをワインのコルクに突き刺した。

――どうして抱かれたいと思ったのかな。きっとあの音楽のせいだわ。

とミノリは少しの間をあけてから切り出す。

――今日、あの音楽を聞いている最中、私はあなたに抱きしめられていた夜のことを沢山思い出してしまったの。他の二人にあの曲がどう響いたかは分からないけど、私にはあれはセックスの音楽だった。悲しい性の叫び、性の胎動のようなものを覚えてならなかった。肉体の奥底をくすぐられるようなエロスに満ちた旋律。

——セックスの音楽？

——切ないセックスの歌。

シャワーを浴びてくると言い、行こうとしたミノリを背後から抱きしめ、そこに引き止めた。だめ、汗臭いから、と抵抗する彼女の項《うなじ》に口づけをし、そのまま二人は床の上に沈み込んでしまった。待って、お願い、待って、とミノリが抵抗をするほどに、彼女の体臭が鼻孔をついた。懐かしいムスクの香りだった。この香りに私は魅せられたのだ。

一枚一枚衣服を剝《は》がし、彼女を裸にしていくと、その艶めかしい芳香がどこからともなく立ち上がっては私をがんじがらめにした。顔を彼女の胸や脇の下や脇腹に押しつけた。そして匂いを嗅《か》いだ。欲望がどんどん膨れ上がる。

ミノリを抱いている間、私の耳奥には「牧神の休息」が響いていた。幾つもの反復するメロディが頭の中いっぱいに広がっていた。脳細胞が色に染まっていくような錯覚を覚えた。脳細胞が次第に集まっては、生殖器の形へと変化していく気がした。それはそそり立つ癒しの塔でもある。

私は勃起《ぼっき》した塔を濡《ぬ》れたミノリの窪《くぼ》みの奥底に突き刺した。生々しい音が弾《はじ》けた。アニムスの芳香が私を包み込む。

——テツシ。

ミノリの声が震えていた。

——ミノリ。

力任せに彼女を抱いた。抱けば抱くほど、ミノリの肉体は撓《しな》り、そして芳香が溢《あふ》れた。口づけを何度も交わしたがある瞬間、欲望が臨界点に達する前に、意識の底から早希の声が届けられた。哲士さん、好きよ。富良野で聞いた早希の声である。

不意に私は音楽が消えていくのを覚えた。音楽がどんどん終息していくのだった。同時に欲望も遠のいていく。私は音のない世界に浮遊していた。

あるのはただ激しく発散される匂いだけであった。私はそれを必死に嗅いだ。匂いの元へ鼻孔を押しつけていた。鼓膜が痺《しび》れた。脳が麻痺《まひ》していた。宇宙は果てし無く、そしてその真ん中で私は愛を抱えられるだけ抱えようとして、孤独であった。

6

次の日曜日、私は成田空港のゲートにいた。パリ、シャルル・ド・ゴール空港へと向かう飛行機への案内が開始されるのを、他の乗客たちとともに待っていた。少し時間があったので、迷った挙げ句政野英二に電話を掛けることにした。

しばらくパリで暮らす旨を伝えると、彼は、随分急な話だな、と言った。必要ならすぐに戻ります、電話を下さい、と伝えた後、早希さんにも別れを告げたいと申し出た。

彼女が事態を認識するまでに少しの時間を要した。政野英二に悟られないようにしつつも彼女は混乱を露《あらわ》にした。そして最後にそれがもう決定されたことだと悟ると、早希は自分の気持ちに踏ん切りをつけるように、さようなら、と口にした。それは永遠の別れを告げるかのような孤独な響きを伴っていた。胸が締めつけられ、受話器を置いた。とにかく自分に休暇を与えなくてはならない、と考えた。人生がどっちへ転がることになっても、今自分に必要なのは休息であった。ここではないどこかで人生を見つめなおすだけの基本的な休息である。

## 第二節　象《かたど》る香り

### 1

秋の涼風がボージュ広場のマロニエの葉を静かに揺らしている。アーチ型の回廊が広場を囲んでおり、その歴史的なチューブの中を私は、眩《まばゆ》く差し込んでくる太陽の光に目を細めながら一周した。

プティホテル「パビヨン・ド・ラ・レーヌ」の脇に佇《たたず》む石門のアーチ内で、オペラ歌手の卵らしき青年がバリトンのよく響く声でアリアを歌っては、道行く人々の足を止めていた。しばらくそこで彼の歌声に耳を傾け、心地よく震える秋の空気を感じながら、心のささくれを癒した。

まず部屋を探さなければならなかった。いつまでもホテルで暮らせるほど裕福ではなかったし、折角だから旅行者としてではなく、この街の住民となって根を生やした生活をしてみたかった。

マレ地区の家賃は決して安くはなかったが、ボージュ広場一帯の文化的で静かな佇まいに心が動かされた。暮らしやすそうな雰囲気と小さな地域に良質のカフェやレストランやブティックが集まっているコンパクトさが気に入ったのだ。日本語の分かる不動産屋を旅行代理店に紹介され、幾つかの部屋を見ることになっていた。

2

まだ愛についてゆっくりと見つめなおすだけの余裕はなかったが、心の峯《みね》にはつねに二人の女性の霞《かすみ》が棚引いていた。早希との深まる関係、ミノリとの思わぬ和解……。ボージュ広場の端にあるカフェレストラン「マ・ブルゴーニュ」のテラス席に座り、広場で憩う人々の姿を眺めながら東京にいる二人の女性のことを考えた。ギャルソンが運んできた白ワインを嘗《な》めながら、愛の行方を思った。解決策は全く深い霞の彼方《かなた》に隠されていた。

早希がどうしたいのか、ミノリがどうしたいのか、見当もつかない。なにより自分がどうしたいのか分からなかった。

愛している、という言葉が不愉快極まりなかった。その呪文《じゆもん》にどんな力があるのだろう。その言葉を使うことで人は何を相手に対して期待しているのだろう。愛している、と確認しあうことは、どこかに疑いが潜んでいるということではないだろうか。パリの秋空のように全てが晴れやかに澄んでほしいとただ願うばかりであった。

## 3

十月に入ってすぐ、私はフラン・ブルジョワ通りから一筋それたところに部屋を借りた。クリストフ・ルメールのブティックに隣接する建物の屋根裏部屋である。ボージュ広場は見えなかったが、小さな窓を開けるとパリ独特の屋根の連なりが見えて可愛らしかった。エレベーターがないせいで、螺旋《らせん》階段を昇り降りするのが最初苦痛で仕方なかった。しかし、一週間も経たないうちにその原始的な方法にもどこか心地よさを覚えるようになっていた。

とにかくパリでは歩くしかなかった。歩いてどこへでも行けたので、ひたすら歩いた。週末にはピカソ美術館やポンピドーセンターへ出掛けては芸術を堪能《たんのう》した。ユダヤ人街に行きつけのカフェも出来たし、サンルイ島まで足を延ばせば美味しい寿司屋《すしや》もあった。快適なパリでの一人暮らしにそれなりの安らぎを覚えはじめていた。日本を脱出して正解だった。場所を変え、気分を変えたことで冷静に事態を見つめ直すことができた。いずれにせよ時間が必要なことである。癪《しゃく》なことだが、いつも答えを知っているのは時間だけだった。日々を楽しみ、仕事からも人間関係からも解放されて暫く自由気儘《きまま》に生きてみようと思った。

4

政野英二から手紙が届いたのは十月の半ばのこと。癒しの中庭を持つオフィスビルの建築が順調に着工したこと、ミノリのプロジェクトがほぼ仕上がったことなどが、建築家らしい端的な筆致で記されていた。ミノリの仕事の出来については触れられてはいなかったが、様々な香りと美しい音楽の組み合わせのお蔭で、癒しの中庭に花が添えられた、と締めくくられていた。政野早希に関する情報はなかった。

東京に電話を掛けてみようかとも悩んだがやめた。自分の仕事は終了したのだし、後はビルが完成さえすればそれで政野との関わりも終わることになる。煩わしいものに自分から飛び込んでいく必要もなかった。

政野からの手紙をごみ箱に丸めて捨ててから、いつものようにパリを歩いた。

歩くのが上手になった、というのは変な言い回しだが、東京では歩く行為そのものを忘れていた。歩くことがこれほど楽しく、歩くことこそがとても人間的な行為であることを思いださせてくれたことを、パリにまず感謝しなければならなかった。

マレから、シャンゼリゼの先、凱旋門《がいせんもん》まで歩いたこともある。日本製の小型のカメラを一台買い、それで人々や景色を写していった。日々歩き続けたことで、研究室やスタジオでの不健康な生活とは比べ物にならないほど、肉体的には健康が蘇《よみがえ》った。

出口について。

## 5

人生最後の出口と言えば死ということになる。では死は敗北だろうか。

芸術橋の上で、ある日曜日、私は一人の老画家と出会った。その男は東洋人で、最初は中国系のフランス人かと思った。彼が筆を使って描く墨絵に大勢の観光客が群がり、人々は墨の儚《はかな》く美しい色合いに感嘆の声を口々に漏らしていた。時間が有り余っていたので私は老画家の傍《そば》に座り半日をともに過ごした。

太陽が傾きはじめた頃、彼は筆を置き、初めて私の顔を覗き込んだ。

——君は日本人だね。

まさか日本語が通じるとは思ってもいなかったので、私は驚き、すぐには返事が出来ず、笑みを浮かべたままじっと老人の瞳を覗き込んでいた。それから彼は、自分は山形から出てきた、と告げた。フランスで聞くヤマガタという響きが奇妙でつい吹き出してしまった。老人に、持っていた日本製の煙草《タバコ》をせがまれた。懐かしそうにショートホープを吸う老画家の横顔を私はじっと見つめた。

老画家は私に、今にも死にそうな顔をしているな、と告げた。苦しいことがあったので日本から逃げてきた、と告げると、彼は顔中に笑みを拵《こしら》えて笑った。

――何から逃げるのかな。苦痛からかね。人生からかな。逃げても地球は丸い。ここだって完璧《かんぺき》ではない。ここで暮らすとなると、君はもっと多くの困難に出会うことになるだろうよ。つまり一生とはそういうものだ。出口を安易に求めないことだな。出口は出口ではない。出口は入口でもある。急いでも到達できる場所は決まっている。ずっと立ち止まっていても、いつかはたどり着く。それが人生だ。

老人が言っていることがさっぱり理解できなかったので、私は微笑むことにした。老画家も微笑み、それから美味しそうにショートホープを吸った。

――いつか必ず訪れる死を私はこうしてこの橋の上で絵を描きながらじっと待っているんだ。ごらんの通り日銭を一番稼ぐのは似顔絵だ。墨絵で描く似顔絵は結構受けるよ。みんな私のタッチの中にアジアを見つめる。白人の顔の中にさえ、私はアジアを封じ込める。彼らはそういうエキゾチックなものが好きでね。なぜなら、みんなもう一つの自分を旅したいと思っているからなんだ。つねに人間はあらかじめ失っていたもう一人の自分を探しているものでね。友情や恋のきっかけは、そこに人が自分の片方を発見してしまうからなんだ。……幾つもの人生が、ここでは毎日交差する。私はちょっとした媒介になって彼らの心に忍び込み、その閉ざされた想像力を解き放ってやるんだな。するとどうだろう、ごらんの通り、彼らは羽根を生やして帰っていくじゃないか。

老人は笑った。私もつられて笑う。

――私は遺言を残している。私の骨をこの芸術橋の上からセーヌ河に撒《ま》いてほしいとな。墓場になんか入りたくはない。山形は素晴らしいところだったが、最後に一目故郷を見たいとも思わない。ここが私にとっては故郷だ。ここだけではない、どこでもいいんだ。ここだ、と思える場所ならその時から私はそこの住人になることが出来る。私には幾つもの人生へと繋がるドアがあってな。それは出口にも入口にも早変わりするドアなんだ。

長閑《のどか》な休日の午後である。最後に老人が煙草のお礼にと私の似顔絵を描いてくれた。私の背中から白い天使の羽根が伸びていた。

――羽ばたきなさい。

老画家は私に向かってウインクをした。

6

静かな水曜日の夕方、不意の来客があった。

政野早希はトランクを抱えたまま通りに立っていた。彼女は途方に暮れた顔をして暮れなずむパリの空を見上げていた。

私を見るなり早希は低い声で、ごめんなさい、と謝罪した。

言葉は必要なかった。彼女が相当な決意でここまでやって来たことは一目瞭然《いちもくりようぜん》のことであった。そっと抱きしめ、それから口づけをし、重たいトランク、それはまるで彼女の心の重たさのようなずしりとしたものだったが、を抱えて五階まで磨き上げられた木製の階段を昇った。

部屋に差し込むか細い太陽の光を見つめて早希は、素敵な部屋ね、とお世辞を呟いた。自分が拒絶されずに受け入れられたことに幾らか安堵したのだろう、雪解けのはじまった雪原から覗く草木の緑色にも似た表情をしていた。

——手紙を書こうかどうか迷ったんだけど、気がついたらもう飛行機に飛び乗っていたのよ。

彼女の薄っぺらな肩を抱きしめながら、富良野への小旅行を思い出した。あの時は突然の外泊だったが、一泊のこと。しかし今度は小旅行ではない。後戻りの出来ない長旅になるかもしれないのだ。

——十二時間三十分も掛かるとは思わなかった。いつ着くのかも知らずに飛び乗ったのでちょっと不安だったわ。シャルル・ド・ゴール空港は広すぎてもっと不安だった。タクシー乗り場は混雑していて、しかもおまけに英語が通じなくて不安だった。突然訪ねて、もしもあなたがいなかったら、と考えてもっと不安だった。タクシーの運転手が間違えてフラン・ブルジョワ通りの入口で下ろされてしまい、そこからトランクを引きずってここを探したの。何もかも不安だった。

感情的になっていた。抱きしめられて少し安心したからに違いなかった。しがみつき、まるで夢にうなされて飛び起きた子供のように離れようとはしなかった。

——何もかも置いてきた。捨ててきたと言った方がいいのかしら。もう戻る場所もない。戻るつもりもないけど。

なんと答えていいのか分からず、奥歯に思わず力が入った。

——あなたを苦しめるつもりはないわ。私も日本を脱出したかっただけ。あなたに迷惑を掛けるつもりもなかったのよ、でも結果的には迷惑を掛けている。

そんなことはない、と呟いた。早希は泣きだした。安堵して感情がいっそう緩んだからに違いなかった。腕先に力が籠《こ》もる。正直な気持ちである。近くなったとはいえ、さすがにヨーロッパは遠い。何もかも捨ててやってきた彼女の決意に心を打たれないわけがなかった。自分がいつまでもぐずぐず結論を導きだせないでいるのに、早希は行動を起こしたのだった。

もう迷うことではない、と自分に言い聞かせていた。

## 7

誤解と勘違いについて。

物事をうっかり間違って思い込んでしまうことからはじまる愛がある。一方意味をとり違えたり、間違った解釈をすることではじまる愛もある。どちらも偶然が深く関与しよく似ているように思えるが、本質で少し異なる。しかし人間はこの二つの作用によって、いつも人生を左右されてしまう。愛や恋を失うのもまたこの二人の妖精の悪戯《いたずら》による場合が多い。

早希は政野との結婚生活に踏ん切りを付けた。離婚したいと一方的に宣言してパリへ来た。しかしそこで私に拒絶される可能性もあった。そうだとしてももう政野のところへは戻らない覚悟で出てきたのだった。

女性はある瞬間、男性よりも強い決断をすることができる。男の方が意外とぐずぐずとしてしまうものなのだ。

政野をミノリに取られるかもしれないという不安から、早希は私と不倫をした。それは未来に対する復讐《ふくしゅう》のはずであった。政野とミノリは不倫関係を持ってはいなかった。ミノリはまだ私と別れたわけではない、と明言した。そんな誤解と勘違いから起こった不思議な復讐劇の茶番の裏側で早希と私の愛が育まれていったのも事実である。もしかすると早希は最初からこうなることを望んでいたのかもしれない。

## 8

愛の囁《ささや》きについて。

固い備え付けのベッドの中でその夜、私は質問をした。

早希は、そうかもしれない、と曖昧な返事をした。私たちはキスを繰り返し、それから抱き合った。いつもより行為が激しかったのは、精神的な呪縛からの解放があったからかもしれない。痛みを伴う交接ではなく、かつてないほどの快楽を伴うものでもあった。早希の全身が瑞々《みずみず》しく跳ね、私は喜びの中、穏やかに果てた。

——そうよ、きっとそうだと思う。

彼女は全てが終わった後、私にしがみついてそう告げた。

——本当は最初からあなたが欲しかったのかもしれない。政野にあなたを紹介された瞬間、心の中で何かがぴくりと動くのを覚えた。それが恋だとはすぐには気がつかなかったけれど、あなたに接近しながら、そういう下心が最初からちゃんとあったような気がするわ。

相変わらず早希の体は熟しきっており、どこを触っても溢れ出る泉が隠れていた。

——政野の妻という安定した居場所に満足していた一方で、その安定に不満もあった。政野の絵に描いたような愛情に感謝する時もあったけれど、それが苦痛でしかたないと思う時もあった。彼がミノリさんを見つめたあの夜、私の心の奥底に押し込めて隠していた忍耐という二文字が崩れはじめたの。尤も最初は本当にミノリさんへの嫉妬《しっと》の方が大きかった。でもあなたと一つになってからはまるで女学生のように自分を日常から連れ出してくれたあなたに恋い焦がれるようになった。そのうち、その思いが政野との怠惰な日常を駆逐してしまい、あなたへと気持ちが一気に傾斜することになるのよ。

なんと返事をしていいのか分からなかった。鳥の囀《さえずり》でも聞くように私はそれらの呪文を聞き流していた。ここでは重く受け止めるべきことは一つもなかった。パリとは、個人が個人の思いの通りに生きることを許されている街だからだった。

頷く代わりにラジオをつけると、スピーカーからセルジュ・ゲンスブールとジェーン・バーキンが歌う懐かしのヒットソングが流れてきた。〝ジュテーム《愛してるわ》〟、とバーキンが歌い、セルジュが、〝ジュテーム・モワ《ぼくも》・ノン・プリュ《愛してない》〟と歌った。

道の先を見つめて歩くことはなかった。結論よりも大切なことがある、と歌声は教えてくれているような気がした。このまま気持ちよくしていよう、と決め、もう一度早希の唇を塞《ふさ》いだ。それは愛の堕落のような行為でもあった。思い返してみると堕落した生活を送ったことがなかった。いつも未来に戦《おのの》き、未来に縋《すが》り、設計された鳥籠《とりかご》の中でしか愛を囁くことができなかったのだから。

## 9

愛の行方について。

新しい生活は楽しかった。まるで新婚のカップルのように二人は生活を楽しんだ。一緒に寝て、一緒に起きる。洗濯をして、買い物をして、料理をして、外食をして、デートをして、テレビを見て、散歩をして、腕を組んで歩いた。何のスケジュールも決まっていない一日がはじまり、何の催促や約束に急《せ》かされることもない夜を迎えた。

二人は愛に没頭し、そこに没落し、そこで堕落した。

体力の限り抱き合い、空腹を感じたら出掛けてフランスパンとワインを胃に流し込んだ。眠たい時に寝て、起きたい時に起き、したいことをした。

欲望はまもなく麻痺してしまったが、次第に二人の顔はあらゆる取り決めから解放されて穏やかに緩んでいった。人間らしいといえば人間らしく、堕落しきった顔だと思えばそういう風にも見えた。二人が交わした唯一の取り決め事は、未来を考えないというただ一つの約束だけであった。我々は皆、生まれ出た時より未来を見て生きてきた。未来のためにこそ今日がある、と錯覚してばかりであった。受験があり、就職があり、結婚があり、出産がある。決められた未来をクリアするために生きているようなところがあった。しかし果たして未来とはそれほど重要で必要なものであろうか。ひとたび未来を捨てるとそこには束縛のない今日があった。未来を決めないことが、これほど楽しいものだとは想像もしたことがなかった。愛の行方についても想像することを放棄していた。

## 10

芸術橋の上にもう老画家の姿はなかった。彼がいた場所には別の画家がいて、墨を使って似顔絵を描いていた。日本語の通じないモンゴル人であった。

## 11

バガテール庭園を二人で訪ねたのは十一月の中旬のことである。

早希が行きたいと言いだしたのだ。彼女が付けているゲランの香水、ジャルダン・バガテールはここをイメージして作られた香りである。ホワイトフローラルの優しい香りが私には早希そのものを象《かたど》る匂いに感じられて仕方なかった。それは彼女の体臭ではなかったが、その香りは彼女のイメージを決定付けていた。その香りは彼女が作ったものではなかったが、しかしそれを選んだことで彼女は自身の精神世界を象った。

私はいつも早希を抱く時、彼女が隠した香水の一滴の在《あ》り処《か》を探し求めては鼻先を彼女の皮膚の上に這《は》わせた。隠された香水の在り処が、毎回違っていることに気がついた。項に隠されていたり、脇腹に隠されていたり、太股《ふともも》に隠されていた。真剣に探さなければ分からないような細かい配慮が毎夜、私の知らない場所でなされていた。トイレやバスルームの、鍵《かぎ》を掛けられた密室で、夜のことを想像しながら、きっと早希は一滴を隠すに違いなかった。

知的な遊びだったが、それだけではなかった。香水という小道具をこれほど上手に使いこなす女性を知らなかった。それは衣服よりも立派な纏《まと》いものであった。裸の上に天女の羽衣のようにふわりとしかも優雅に纏われていた。その間から見える彼女の細い肉体はうっとりとするほど官能的であった。

彼女がバガテール庭園に行ってみよう、と言った時、私は瞬時にその素敵な提案に賛同した。タクシーを拾い、バガテール庭園まで行ってほしい、と片言のフランス語で告げたが、下ろされたのはブーローニュの森の入口であった。インフォメーションセンターでバガテール庭園までの行き方を聞き、三十分ほど森の中を彷徨《さまよ》った。日本にいた頃にイメージしていた娼婦《しょうふ》が立つブーローニュの森が、意外に整備された普通の公園であることに驚いた。どちらかといえばセントラルパークよりもっとあっさりとした作りの郊外型の公園という印象だった。

バガテールは確かに美しい庭園である。入口の案内板には、この庭園がルイ十六世の弟アルトワ伯爵が領主だった城館だということ、庭園は英中折衷様式、季節ごとに様々な花を楽しむことができること、などが記されていた。

城館の方へは向かわず、二人は庭園の方へと進んだ。森と木々の配置に絶妙なこだわりが窺《うかが》えた。小道に注ぐ木漏れ日までもがいい具合に地面に届くよう計算されてあった。

森を抜けたところに広々とした花壇があり、人工的な美しい彩りが中世の貴族の華やかな生活を想像させた。まるで王妃と王様のようね、と早希が冗談を言い、二人は腕を組んで花壇の中ほどを散策した。

ゲランがここをイメージして香水を作ろうと思いたった気持ちをなんとなく理解することができた。きっと夏にはもっと賑《にぎ》やかに花が咲き誇っているに違いなかった。それを庭師が人工的に整え、庭全体を一つの芸術作品のようにしてしまうのだ。

背後から早希にそっと近づき、首筋に隠された香水を探す。花壇をそよぐ風に混じって、仄《ほの》かな香りを捕まえることができた。思わず抱きしめた。驚いた早希が振り返る。見つめ合い、それから人目も気にせず二人は口づけを交わした。

——今日は随分と分かりやすい場所に一滴を隠したんだね。

最初は私が何を言っているのか分からない様子だったが、もう一度項に鼻を当てて匂いを嗅ぐ真似《まね》をしたので、彼女の頰《ほお》が緩んだ。

——だって、きっとこうなると思ったんですもの。

二人は同時に笑った。

——君はいつもぼくが香水の在り処を探しては、くんくんと嗅ぎ回っているのを知っていたのかい。

早希は微笑みを絶やさず、ウイ、ムッシュ、と答えた。

——あなたの鼻先が私の腹部やふくらはぎや背中を這うたびに私は敏感に感じていたのよ。だから次の夜は絶対に見つからないようにと必死に隠していたわ。

——ちょっとしたゲームのようなものか。でも、ぼくは君の策略にすっかりとはまりこんでしまい、今ではもうその香りと君のセンスの虜《とりこ》になってしまったようだ。

早希は真剣な顔をした。官能的な視線が私の眼球を貫く。

——愛しているわ。

気を付けなければならない呪文だったが、何故かその在《あ》り来《きた》りの言葉が心地よく肉体の奥深くに届いていた。

12

愛してる、という言葉と、愛していない、という言葉の間にはそれほど大きな差はない。愛している、と言葉にする時、人は誰もが不信感を拭《ぬぐ》いされないでいる。結婚を人々が求めるのは、そこに独占しあうという約束を公に手に入れるためであり、結婚によってただ相手を自分につなぎとめるためだ。結婚という法律を行使しないで、一生添い遂げる人も中にはいる。愛している、という言葉を一生使わないで人を愛す自信のない私には真似のできることではない。

## 第三節 感情の時差

### 1

静かだ。宇宙の果てにでもいるようなひんやりとした静寂である。

薄暗い屋根裏部屋の固いベッドの上に腰掛け、寝ている早希のやせ細った輪郭を眺めている。どんな夢を見ているのか分からないが、時折筋肉がひくひくと動く様子から、心配事を拭いきれない不安定な眠りの中にいることはまず間違いない。パリに来て一月以上が経つが、生活に慣れるためにも、心を落ちつかせるにもまだまだ時間が必要なようだ。ナイトテーブルの上の時計を摑んで短針の位置を確認する。日本との時差は八時間なので向こうは朝の十時ということになる。大学や研究所やスタジオのことが少し気になる。慌てて仕事を終わらせてきたので、それなりの凝《しこ》りも残してきてしまった。葛西恒大から愚痴のような電話が何度か掛かってきていた。私があまり熱心に問題を解決する気がないことを知ると、悪い評判がたっていますよ、と彼は忠告を残し、連絡の数も減った。日本に戻ってまた同じような仕事に就くことができるのかどうかも疑わしい。

ここでの生活も今はまだなんとかなるが、半年先のことは分からない。夫を捨ててきた女とどうなるか分からない未来を見つめて生きていくのにはそれなりの覚悟と勇気がいる。助け合えばなんとかやっていけるとは思うが、お互いまだ何一つ、心の整理はついていないのだ。

——眠れないの？

闇《やみ》の中、声が膨らんでいく。手を伸ばすと、早希の臀部《でんぶ》にぶつかった。骨の上に張りついた肉は腰のそれとは対照的にふっくらと盛り上がっている。絹のパジャマはサンペール通りにある有名な下着店『Sabbia Rosa』で私が強引に選んだものだ。赤い下着とセットで買った。赤なんて着る自信はないわ、と彼女はいささか不平を漏らしたが、折角パリにいるんだ、気分を変えてみよう、と説得するとしぶしぶ従った。

白い彼女の肌に纏われた赤いパジャマや下着はどこか隷属的で娼婦の怪しさを醸してもおり、エロティックでもあり、可愛らしくもあった。

早希は上体を起こし、顔を近づけてきた。窓から差し込んでくる月光によって朧《おぼろ》げながら表情が浮かび上がってくる。目や鼻や口がしっかりと存在を主張している。一つ一つの造りが凛々《りり》しく、どこか男性的な逞《たくま》しさを持った顔であった。同い年なのに、姉のような存在。一々を細かく説明しなくとも理解しあえたような気持ちになるのも同世代だからかもしれない。

だからこそどこか近親相姦《きんしんそうかん》をしているような気恥ずかしさと罪の意識を同時に味わって

しまう。何もかも見抜かれてしまいそうな目。全てを呑《の》み込みそうな情の濃い肉厚な唇。嘘も真実も、あらゆることをかぎ分けてしまいそうなすっとのびた鼻。美しく撓り、よく手入れされている眉《まゆ》は、振り下ろされる鞭《むち》のようで、痛々しいほどに官能的だ。

　早希にくっつき、項にキスをした。どうしたの、と早希が私の腕を摩《さす》る。寂しさや不安が入り交じって心が軋《きし》んで仕方なかった。彼女に欲望を感じているわけではなかった。人肌の温《ぬく》もりが欲しいだけ。彼女の背中に自分の胸を押しつけ、彼女の臀部に自分の股間《こかん》をくっつけた。彼女の足に自分の足を絡ませ、足の指で彼女の足の裏を擦《こす》った。眠りから強引に連れ戻された早希はまだどこか要領を得ず、朦朧《もうろう》とした中、大丈夫、怖い夢でも見たのね、と母親のような優しい言葉で慰めてくれた。

　薄い胸板の中に小さいが形よく膨らんだ二つの果実があり、それを掌《てのひら》で包み込んでみた。揉《も》むというのではなく、優しく摩《さす》ってみるという感じで。次第に乳首が応答しはじめ、突端が屹立《きつりつ》してゆくのが分かった。

――どうしたの。ねえ、哲士。

　パリに来てから早希は、私のことを哲士と呼び捨てにした。そこにはすっかりと心を許したことを伝える暗黙の契りが横たわっていた。

　早希は寝ぼけながらもこちらを振り返り、唇の在り処を探した。絹のパジャマは皮膚の延長線上にあるような錯覚を起こさせる。パジャマのズボンの中へと手を潜らせても、手触りの滑らかさのせいで、違和感がない。手はしなやかに肌を滑って彼女の股間へと落ちていった。

――哲士。ねえ……。

早希が慌てて腕先に力を込めた。拒絶しているのではないが、驚きでどうしていいのか分からず、取《と》り敢《あ》えず抵抗を試みているかのよう。既に準備が出来ていることは股間の湿りけが伝えている。

――今日はどこに隠した？

――何を？

――一滴をさ。香りの一滴を。

耳元を齧《かじ》ると、早希の体がびくんと跳ねた。まるでそこに性器が露出しているような具合である。

最初の頃は面白がってただ闇雲に耳たぶを嚙《か》んでいるだけだったが、最近ではじらすことを覚えた。滑走が長ければ長いほど飛び立つ勢いも強いのと同じで、じらせばじらすほど、彼女は興奮し、肉体を開いてきた。言葉で弄《もてあそ》んだ後に、舌先をそっと出したり抜いたりするのは効果があった。

――これから君を裸にして体中を嗅いでまわるよ。この舌を這わせて、君が隠した宝物の在り処を見つけ出してやる。

——まだ半分夢の中なのに。

舌を静かに耳の穴の奥へと挿入してみた。艶めかしい吐息が漏れる。

——君は夢の中にいていいんだよ。夢なのか現実なのか分からないところで漂っていなさい。

耳そのものを、柔らかく緩めた舌でまるでアイスキャンデーでも嘗めるかのようにぺろりとやってみた。早希の体がぴくんと動いた。それから今度は耳たぶの真後ろを丁寧に嘗めてみた。今や彼女は私の腕を力のかぎり摑んでは、まるで溺《おぼ》れそうな子供のような有様である。

最後に耳全体をしゃぶった。股《また》に触れてみると、鳥肌が広がっている。無数に突起した毛穴が、彼女の興奮の度合いを知らせていた。もう駄目、と早希が唸《うな》った。駄目よ。おかしくなっちゃうわ。

耳自体を嚙んだ。付け根から先端までこりこりとした歯触りの耳の軟骨を執拗《しつよう》に何度も嚙んでいった。

2

愛には期限があるのか。

賞味期限のようなものが愛にあるとしたら、私は早希との愛をいつまでに食べ終えてしまわなければならないのだろう。愛は永遠を好むが、実際に永遠を手に入れた愛は極端に少ない。

## 3

早希を愛してはいたが、同時に苦しみも同じ量だけ背負うこととなった。彼女の背後には政野英二の影があり、私の陰にはつねにミノリが潜んでいたのだから。二人がどんなに幸福を装っても、ふとした瞬間にそれぞれの背後にそれぞれの背負ってきた残酷な背景を見つけてしまい、傷ついた。

早希を抱いている途中、何度も政野英二その人を見た。彼の手や、彼の唇や、彼の肉体が暗闇の中に浮かび上がっては消えていくのを。早希も同じように私の仕種《しぐさ》や言動や感じ方や愛し方にミノリの匂いを嗅ぐようであった。

――ミノリさんにもそんな風にしたの。

早希の目の玉を舌先で嘗めた時、そう聞かれた。何かちょっと特別なことをしようものなら、それはつねに比較の対象となった。

それは同じように私にも起こった。早希が女性上位になった時のことだ。彼女は何気なく体を少しだけ後ろに捻《ひね》り、右手をついてから、腰を揺さぶった。慣れた動作が嫉妬の炎に油を注いだ。

最初の頃は気がつかなかったが、そのうち、そこにぎこちなさが無いことに腹立たしさを覚えるようになった。長い年月の交接の経験を経てたどり着いた夫婦の形がそこにはしっかりと残っていた。早希がそのポーズを作る時、私はいつも彼女を可愛がった政野英二の亡霊を見るのだ。

肉体関係が深まれば深まるほどに、それぞれの愛の歴史を覗いてしまうのは、お互いにとって堪えなければならない試練でもあった。

4

愛を比較されることを好む人はいない。しかし実際には、愛はつねに比較されるものである。それを乗り切るためには、時間という援軍が必要となる。時間だけが、愛を比較から解放する。ただし新しい人と、愛の新記録を樹立したいと望む場合、いっそう長い時間を必要とすることを覚悟しなければならない。

——ミノリさんとはどれくらいのお付き合い？

早希は意地の悪い質問を時々した。

——四年かな。どうして？

——早く四年が過ぎないかな、と思って。ミノリさんよりもあなたに長く愛されたいからよ。

# 5

食生活や、習慣や、性格の違いや、感じ方の差や、感動の度合いや、喜びの表し方などを理解しあうのにも時間は必要である。幸い、二人とも大人だったことがこれらの距離を埋めるのには役立った。つまりは、大人とは忍耐できる動物のことを指す。

早希はコーヒーを好み、私はマリアージュ・フレールの紅茶を嗜好《しこう》した。彼女は早起きが好きだったが、私は夜更かしが性に合っていた。彼女はジャズを好んで聞いたが、私は音楽には疲れていた。私は小説はあまり読まなかったが、彼女は寝る前に探偵小説を読むのを習慣としていた。彼女はのんびりと事を進めるのが好きで、食事にもたっぷりと時間を掛けたが、私はせっかちで、特にスタジオの仕事が多かったせいもあり、食事に時間を掛けるのはもったいないと思う方であった。私は日曜は午前中ゆっくりとベッドの中でまどろんでいたいと思う方だったが、早希は明るくなったら出掛けたい方であった。買い物は、彼女は決めるまでに何度も足を運んでは悩み、ああでもないこうでもないと商品を裏返したり触ってみたりしないと買えない人であった。私はほとんど物を買うのに悩むことはなく、もう少しじっくりと選んだら、と彼女によく叱《しか》られた。私は映画やテレビで涙を流すことがあったが、彼女はいつも冷静に作品を分析したがった。

# 6

料理は私がした。主婦をしていたとは思えないほどに彼女は料理ができなかった。つまり在り来りの日本の家庭料理しか作れなかった。味噌汁《みそしる》に、焼き魚に、玉子焼きに、煮物といった具合に。或《あ》るいは日本の食材を手に入れにくいせいで、彼女が実力を発揮することができなかったのかも……。

——君は応用という言葉を知っているかい。

料理はほとんどが私の役目となった時、そんな皮肉を言ってみた。

——料理なんてものは、設計とは違うんだ。こうじゃなければならないという方法は存在しない。センスさえあればどんな材料でも美味しい食べ物を作ることができる。

実際に私は料理を習ったことはなかったが、一度レストランで食べたものなら、同じ味を再現することができる特殊な能力を持っていた。

——あなたみたいな男と付き合うのはかなり忍耐がいるわね。

早希がはじめて作ったフランス料理はタプナードと呼ばれるプロヴァンスの食べ物であった。オリーブとアンチョビを使ったペースト状の料理だが、簡単そうに見えてこれが意外と奥の深い食べ物であった。私に負けじと彼女はよく行くフレンチレストランのシェフに作り方を聞いた。秘伝を教わったからこそ、美味しいんだから、と言い張った。パンに塗って、白ワインのつまみとするのだが、それだけでも十分胃は膨れた。

## 7

とにかく私たちは散歩をするしかなかった。

マレ周辺は隈《くま》なく歩き回った。ひと月も経たないうちに、どこの角にどんな店があるのかガイドブックが書けるほど詳しくなっていた。

マレを制覇した私たちは、どんどん行動範囲を広げていった。サンジェルマン・デ・プレは勿論、シャンゼリゼまでは射程距離内であった。時間を目一杯掛けてブーローニュやサクレクールの方まで歩くこともあった。

性格は随分とかけ離れた二人ではあったが、唯一気が合ったのが散歩であった。街角の何気ないものに二人は同じ気持ちで感動することができた。たった一つでも意見の合うものがあることは愛を延命させる。私たちは空気が停滞すると、とにかく外に出るように心掛けるのだった。外にはまだ何かがあると信じていた頃には……。

ところがその散歩も無敵というわけではなかった。

## 8

恋と生活。

――今日は何をする？

早希にそう聞かれるたびに、ある種の使命感のようなものが沸き起こり、私は必死でその何かを捜そうとするのだった。何か、とは日常を退屈させない努力のことであり、買い物に行くだとか、食事に行くだとか、散歩をするだとか、映画を観るだとか、美術館に出掛けるだとか、そういうものを計画する姿勢のことであった。

――これからどうする？

その、何か、が行き詰まると彼女はまたそうやって聞いてくるのだった。それは生活と呼ばれるやっかいな病気であり、これを回避するには慣れるための物凄《ものすご》く長い時間と悟るためのかなりの忍耐が必要となった。

――どこ行こうか？

――そうだね、まだ時間はたっぷりあるものな。映画は昨日観たし、夕食にはまだ早いしさ、美術館巡りはかなり飽きたじゃない、買い物は金がないからな。

――じゃあ、散歩でもしようか。

――うん、どこへ行く？

――どこ？　そんな恐ろしいこと聞かないで。どこでもいいじゃない。

――ああ、どこでもいい。ここではないところならどこでも。

二人はピカソ美術館の前にある小さなカフェでメレンゲのケーキを両端からつつきあい

ながら、そんなやりとりを繰り返していた。何か、どこか、という言葉から既に希望は消えはじめていた。二人には生活を立てるための日常が無かった。仕事という目的が失われていたし、未来のある家庭というのも無い。いつも大海に漂流している筏《いかだ》そのものであった。

——どうしよう。

早希が鼻で笑った。

——お願い、聞かないで。

9

愛と冒険。

早希が茹《ゆ》でるパスタはいつだって芯《しん》が無かった。

10

夕食の後はテレビを見るようになった。日本にいた頃、私はテレビをあまり好んで見ない方だった。テレビが嫌いというのではない。テレビのリモコンに振り回されるのが苦痛なだけである。ところが日々を埋めなければならないパリでの暮らしにおいて、このテレビのリモコンは救い主となった。ここではチャンネルを替えるという行為が、まるで自分の人生を刷新するような幻想を仄かに起こさせた。

二人並んでベッドに腰掛け、意味の分からないフランス語の番組を黙って見続ける。時々CMやプロモーションビデオに関してちょっとした意見を交換したが、それ以上の会話には繋がらなかった。

## 11

そして夜、私は思い出したかのように早希が隠した一滴の在り処を探した。それは二人の密《ひそ》かなゲーム、唯一の楽しみでもあった。隠す者と探す者。二人の関係が実に明白になる時間帯でもある。

――どこに隠したのかな。

私は彼女を裏返し、再び表にしては嗅ぎ回る。

――駄目。失格よ。そんな風にあからさまに匂いを嗅いでは駄目。必死に隠した私に失礼だわ。

尤もだった。まるで私は犬のように在り処を捜し回っていたのだから。

――降参だ。

早希は料理での屈辱を晴らすかのように、満面の笑みを拵えて勝ち誇った。

――どこに香りを隠すかということはね、実は香水を選ぶことにも匹敵するほど重要なことなのよ。

授業のはじまりであった。

——いい。香りは温められると立ちのぼる。

——なるほど。

——だからできるだけ体温の高いところに隠すわけ。例えば、下半身とか、脈打つところとか。手首は最適。脈の上はばっちり。膝《ひざ》の内側の静脈の上もいい。微《かす》かに香るのでじゃまにならない。耳の後ろとかもいいわ。左胸なんかもよく隠す場所の一つ。心臓があるからね。ウエストより下の方だと、いろいろと官能的でしょ。

頭の中を香りを含んだ風が過《よぎ》っていった。

私は彼女の股の間に顔を近づけた。膝の内側の静脈の辺りに、青々と繁《しげ》る爽《さわ》やかな木立が現れた。柔らかい皮膚に頬を押しつけゆっくりと香りを嗅いだ。清々《すがすが》しい風が吹いた。早希のセンスの良さに心が喜んでいた。

## 12

不安と希望はつねに二人の前に同じ大きさで横たわっていた。

私は抱き合った後、ちょっとの間、空虚になる。それを相手に悟られないように性行為の余韻に浸っているふりをして目をつむってしまう。抱き合うことしかない今、抱き合うことに飽きるのを恐れていたのだった。この針の先に乗ったようなささやかな幸福が、風船のようにいつか脆《もろ》くも破裂してしまうのじゃないかと危惧していた。だから、一回一回のセックスを噛みしめながらも、それが終わると急に悲しくなって俯くのであった。

——若くないからいけないのかな。

早希は呟く。

——若ければ、これくらいの不安は簡単に乗り越えられるでしょ。

私は彼女が言わんとしていることが手に取るように分かったので返事を容易に戻すことができずにいた。

——でも若くないからこそ、十分注意して進んでいけるということもあるよね。

離れていては辛《つら》くなると思ったので早希を抱き寄せた。

——よくここまで来ることができたと思うわ。

彼女はまるで女子高生のようにぽつりと呟いた。確かによくやってきた。夫を捨ててヨーロッパまで来たのだ。そのことをもっと大切に思わなければならない。

——好きだから来たの。

早希は我慢できず、私に覆いかぶさってきた後そう漏らした。私は彼女をいっそう強く抱き寄せた。抱き寄せることしか二人の気持ちを繋ぐものはなかった。抱き合うことしか許されてはいなかった。温もりだけしか愛を確かめ合うものもなかった。

——タイトロープダンスね、まるで。

13

眠れず起きていた。眠ろうとするとどんどん眠れなくなっていった。日本ではみんな起きていて働いているんだと思うとじっとしていられなかった。

仕事もなくこうして日々を過ごすことにどこか疲れを感じはじめていた。ワーカホリックな生活の中を生きてきたせいで、何もない何も起こらない何にも追いかけられない日常がこれほど単調で、耐えられないものだとは知らなかった。

毎晩眠りが浅かった。早寝早起きの早希と時間が微妙にずれはじめてきたことが気掛かりであった。彼女はフランス時間を生きており、私は相変わらず日本時間を彷徨っていた。アルコールの量が増えていた。睡眠薬代わりにきついアニス酒を毎晩あおった。

ベッドに這い上がり、脱力して寝ている彼女の寝顔を見つめた。誰かに似ている。それがミノリだと気がつき、思わず顎《あご》を引いてしまった。女の寝顔はみんな同じなのだ。

どんな夢を見ているのだろう。どんな人生を生きてきたのだろう。どんな未来を思い描いているのだろう。彼女が持っている人生に自分が関わっていることの不思議を実感していた。

立ち上がり、カーテンの隙間《すきま》から外を見る。満月が正面の建物の上にあった。窓の把手《とって》を摑み、音をたてないようにこっそりと開けてみる。冷たい空気が室内に入り込んできた。腕の皮膚に鳥肌が走る。吐き出す息はすっかり白かった。

# 第四節　巧妙な嘘

## 1

ボージュ広場のあちこちに置かれた古風な鉄製の長椅子《ながいす》に腰をかけ、冬の枯れた青空を見上げている。四方を歴史的な建造物で囲まれた真四角の空間には、午後のひと時を過ごそうと、近所の主婦や観光客といった、時間を持て余した人々が僅《わず》かな日溜《ひだ》まりを求めて集まって来ていた。

私はぼんやりとマロニエの高木を眺めている。木の周りを子供たちが追いかけっこをしては、甲高い笑い声を発しながらぐるぐると走り回っている。光が美しい。儚く、切なく、そこだけが永久である。

政野早希が何も告げずにパリを離れたのは一週間ほど前のこと。

クリスマスイブをどうやって過ごすか話し合った直後の出来事だった。その時、彼女は笑顔だったし、私はそんなことが起こるなどとは全く想像さえも出来ないほど幸福の直中《ただなか》にいた。これから二人に降り注ぐだろう事態がどれほど困難なものであっても、全力で乗り切ってみせると自分に言い聞かせてもいたのに。

なのに、呆気《あつけ》なく裏切られてしまう。

早希は突然シャルル・ド・ゴールから電話を掛けてきて、これから東京に戻る、と聞き取りづらい小さな声でそう言った。

——どういうこと？

——ごめんなさい。戻ることにしたの。いつまでも夢を見てはいられないでしょ。

朝、彼女はいつもとどこも変わらなかった。私が作り方を教えたクロック・マダムを拵えてくれた。今では私よりも上手にパンを焼く。卵の黄身が半熟でなければ本物のクロック・マダムとは言えない、と細かく指導したのだった。

黙っていると、彼女は洟《はな》を啜《すす》ってから、許してね、と呟いた。それ以上の言葉は必要なかった。彼女は東京に戻る。ただそれだけのこと……。

——イブは一人だな。

厭味《いやみ》を言うつもりではなかったのに、余計な言葉が口をついて出てしまった。早希は無言だった。

2

早希が去る少し前に、彼女と交わした会話を思い出しながら、マロニエの木の周囲を走り回る子供たちの笑顔を見つめた。

——愛しているよ。

——本当?

——ああ、本当だよ。

——聞いてもいい?

——勿論。

——あなたは私に嘘をつかない? 生涯嘘をつかないと約束できる?

——つかないけど、どうして?

——黙って質問に答えて。一生嘘をつかない?

——ああ。誓うよ。

——それは嘘。誓っちゃだめ。絶対嘘はつくはずだもの。

——小さな嘘はつくだろうけど、それはきっと必要悪みたいなものさ。君を騙すわけじゃない。正義だって間違えることはある。

——じゃあ、嘘をつくのね。

——つく。変なこと質問するんだな。君は? 君はぼくに嘘をつくかい。

——つかないわ。絶対に。

——ほら。そっちだって嘘をついた。同じじゃないか。人間はいつかはきっと嘘をつく。

でもね、嘘は悪いことではないよ。嘘も必要なことがある。嘘をつかない、と言い切るのは危険だよ。もっと柔軟にしておかないと、息苦しくなって長く続かない。嘘をつかれてもぼくは平気だ。むしろ嘘に助けられることもあるだろう。嘘は真実をもっと輝かせるものだよ。君が纏っている香水だって、大嘘じゃないか。作られた匂いだ。世界で一番巧妙な嘘。そんなものを喜んで纏っているんだから女はみんな大嘘つきということになる。

――いやだわ、そういうの。私は嘘をつかれたくない。全部本当のことだけを知りたい。あなたが他に好きな人ができたら、ちゃんと話してほしいし。

――そんなことはないって。

――それは嘘。どうして言い切れるの。

――君を愛しているからだろ。

――でも言い切れるものかしら。

――いったい何がいいたいのか分からないな。どうしたんだい。

――愛が嘘っぽく感じるから。

――なんで？

――分からない。ふっとそう思っただけ。いつか、いつかあなたに大きな嘘をつかれるような気がしたの。

――まさか。それは杞憂《きゆう》というものだ。

――だといいけど。

具である。

## 3

愛と嘘。

上手に嘘をつける女ほど魅力的なものは存在しない。嘘は愛の飛距離を延ばす唯一の道具である。

## 4

早希がいなくなった部屋の、ナイトテーブルの上に彼女が愛用していた香水が置き忘れられていた。忘れたのではなく、もう必要なくなったから捨てていったようにも見える。一滴を隠すことに疲れたのか。それとも自分のことをいつまでも忘れないでほしいというメッセージだろうか。どちらにせよ、それを見るのは苦しかった。

キャップを外し、ひとふきしてみる。香りが室内を満たし、同時に胸が軋んだ。その日は一日中早希の香りが部屋から抜けなかった。私は夜中、我慢できずに窓を開け放ち、冬の空気を招き入れる。コートを重ね着して、マフラーを首に巻き、シーツや枕《まくら》カバーを洗濯して、匂いが完全に消えたのを確認してからソファで寝た。ジャルダン・バガテールの小瓶は紙袋の中に入れてセロテープで封をした。

## 5

静かなクリスマスイブを一人で過ごす。

独りぼっちのイブは久しぶりのことだ。フレンチフライを買って、テレビを見ながらワインを傾けた。

賑わう街を歩いた。マレ地区、特にフラン・ブルジョワ通りは観光客が楽しそうに散策している。ブティックはどこもかしこもクリスマスイブ一色だ。ボージュ広場の回廊で浅黒い顔のミュージシャンがジプシー音楽を演奏している。ピカソ美術館周辺は絵に描いたように統一感のある佇まいが美しい。ポンピドーセンター前のカフェは冬なのに路上まで人が溢れていてみんなにこやかにコーヒーを飲んでいる。ヴァンドーム広場の宝石店の前でウインドーに飾られた高価な宝石を見つめる、それを身につけてパーティに出る金持ちの婦人のことを想像しながら。セーヌ河の河畔を歩く。風が冷たくコートの襟を立てる。恋人たちが寒さなど寄せつけず堂々と口づけをしている。お互いの内臓を食い合っているように見えてしまう。大勢の人を乗せた遊覧船が川を下っていく。こちらに向かって手をふる陽気な観光客に応えるだけの気力は残っていない。視線を逸らし、対岸の遥《はる》か彼方に屹立する灰色のエッフェル塔を見つめる。夜になると飾りつけられた何万もの電飾がちかちかと眩く点滅をはじめる。芸術橋の途中で金色の衣装と化粧を身にまとったピエロと会う。このクリスマスイブの寒さの中、たった一人なのは自分だけではないことに気がつく。ピエロに扮《ふん》した大道芸人は動かないことで人々の目を集める。人々が飽きはじめた頃、ちょっと体を動かし、自分が人形ではなく生きていることをアピールする。何人かが小銭を彼、多分彼、でも彼女かもしれないが、の前に置かれた帽子の中に放り投げる。中には一緒に写真を撮りたがる人もいる。それでもピエロはちょっとお辞儀をするだけで台からおりることもないし、一緒にポーズを作ることもない。じっとピエロを見つめる。彼か、彼女か分からないもう一人の自分を。それから十フランをポケットから取り出し、帽子の中に放り投げ、踵《きびす》を返す。

サンジェルマン・デ・プレをあてもなく歩く。クリスマスイブ一色にデコレーションされた街。ジングルベルの音楽がそこかしこから溢れている。あったかそうな恰好《かっこう》をした若いカップルとすれ違う。彼らが囁きあう未来をつい嗅いでしまい、目眩《めまい》に襲われる。ふと、早希のことを考えてしまう。彼女は今頃どこで何をしているのだろう。成田からまっすぐ政野英二の元へ戻ったのだろうか。連絡はない。いきなりやってきて、唐突に帰ってしまった。あれほど愛を語り合ったのに、言葉は全く無力。彼女をここまで動かした愛の力は本物だった。しかし、私には見えなかったが、彼女の内側にはそれ以上の不安が渦巻いていたのだろう。何もかもを捨ててきた新天地で、彼女は自分がとった行動の凄《すさ》まじさに脅《おび》え、激しさに戦き、それまでの生活を不意に懐かしく思い、愛に疲れ、冒険を恐れ、毎晩暗闇の中で誰にも相談することもできず震えていたのだった。そのことにまったく気がつかなかった自分が情けない。撤退した仲間を卑怯者《ひきょうもの》と罵《ののし》ることはできない。ここまでやってきたその勇気を讃《たた》えなければならない。彼女の孤独を理解してあげられずに、ただ愛していると言い続けた自分を恥じた。彼女は日本のどこで夜をやり過ごそうとしているのだろう。カネッツ通りのバーに入った。フレンチポップスではなく何故かイタリアの歌謡曲が大音響で流れていた。一番強い酒を欲しいと告げると、バーテンダーがマールではなく、グラッパをグラスに注《つ》いで出してくれた。自分を痛めつけるつもりで勢いよく口に含む。量が多すぎて噎《む》せた。バーテンダーの微笑みが優しかった。

6

翌日は静かなクリスマスとなった。朝、ベルを鳴らす音で目覚めた。郵便配達が速達を届けてくれたのだった。大きな四角い封筒である。国際郵便ではなく、フランス国内から投函《とうかん》されたもののようだ。そうすると誤配か。

しかし表には私の名前が書かれてあった。誰からだろう、と慌てて封を切ると中からクリスマスカードが出てきた。可愛らしいサンタクロースの絵が描かれたカードだったが、開いてもそこに文面らしきものはなかった。

だが、まてよ、と私の手が止まる。一度閉じたカードをもう一度開いてみる。それからもう一度閉じる。さらにもう一度開く。ミノリからだ。カードを開く度、微香を感じる。カードを鼻に近づけ、さらに確信を深める。香水ではなく、ラベンダーの香りがカードから染みだしてくる。

それはさり気ない存在のアピール。

## 7

ミノリがパリに来ている。

なのに、現れない。クリスマスカードを眺めながら、その日は一日中部屋で過ごし、彼女からの連絡を待った。安物のシャンパンを冷蔵庫に冷やし、近くのカフェでケーキを買った。窓から顔を出して、下の通りを見つめる。クリストフ・ルメールのブティックに日本人の女性が入っていくが、ミノリよりも幾分佇まいが若い子たちである。

彼女は現れなかった。翌日も、その翌日もミノリは訪ねて来なかった。

ヨーロッパのどこかの都市にアロマオイルの研究に行きたいと言っていたことを思い出した。或いはその途中、トランジットのためにシャルル・ド・ゴールに立ち寄った可能性はある。空港から投函したのなら合点がいく。思わず力が抜け落ちた。

我慢できずにこっそりとミノリのマンションに国際電話を掛けてみた。留守番電話になっており、再び期待が高まる。わざと日本が深夜に差しかかろうとしている時間帯を狙《ねら》ってもう一度電話を掛けてみる。やはり留守番電話になっていた。

8

電話が掛かってきたのは暮れも押し迫った十二月の二十九日のこと。深夜、時計の短針は二を指していた。

声はかなり遠くにあり、しかも微かに震えていた。

――ごめんなさい。黙って帰ってしまって。

寂しさと苦しさを紛らわせるために、ミノリのことだけを考えるようにしていたので、懐かしい声に不意に現実に連れ戻されてしまう。隠していた感情が一気に溢れ出た。

――なんで。どうして。いったいどういう……。

問いただしても仕方がないことだと分かっている。言葉が途切れた。小さく嘆息を零《こぼ》した後、どこから、と訊《き》いてみた。

――福岡の実家。

――家には帰ってないの？

――ええ。もう戻るつもりはないの。

――じゃあ、ここにいたって良かったじゃないか。

声を荒らげてしまう。沈黙の後、観念したように、そうね、と呟く。

──でも、いつも毎日、あなたの愛の言葉を聞いていたら、急に怖くなってしまったの。だって、あなたは愛という言葉を信じすぎているんだから。

──君は信じてなかったのか。ぼくを騙していたのかい。

──そうじゃないわ。政野はあんなに大量の愛を囁かなかった。

──個人差がある。

──ええ、嬉《うれ》しかったのよ。愛している、と言われることはとても嬉しかったの。でも、慣れてなくて、怖くなった。

そんなの言い訳だ、と吐き捨てると、早希は、私はあなたとは別の人間なんだから、あなたのやり方を押しつけないで下さい、と返した。

沈黙が続く。最初は家族を警戒して小声で喋《しゃべ》っていた早希だったが、途中からは私と同じくらい大きな声になっていた。

──窒息しそうなくらい幸福だったのよ。

──自分勝手な言い方だ。表現は綺麗だけれど、嘘だらけだ。

──そんな風にとらないで。怖かっただけで、気持ちは変わっていないわ。政野とやり直すつもりがないのは本当よ。

──しかし、急に帰ることはない。

──そうね。そうよね。それは本当に謝る。ごめんなさい。でも心が不安定だったのよ。

何もかも捨ててパリに飛び立った。そこで未来の見えない生活をはじめた。それまでの自分の安定した生活とはまるで違う青々とした日々。でも、私の体は順応しているように見えたかもしれないけれど、私の心は順応できなかった。もっと時間が必要だった。もっともっとゆっくりと急ぐべきだった。驚いてしまったのよね。

私は言葉を紡ぐことがそれ以上出来ず、思わず鼻で笑う。

――信じてくれないのね。

早希の声は冷たかった。

――いいや。信じる。信じているからこそ、おかしかった。笑ったりしてすまなかった。君は君をもっと見つめてみる方がいいだろうね。焦らず急がずにだ。

長い沈黙の後、私は電話を切った。もっともっとゆっくりと急ぐべきだった。彼女の言葉を繰り返し思い出した。

9

仕事もなく、貯金も尽きかけていた。年が明けたら日本に戻るしか道はない。大学に頭を下げてもう一度雇ってもらうしかなかった。大学が雇ってくれなければ、知り合いの音響研究所で働く手もあった。とにかく愛のために生きるのに少し疲れたことだけは事実である。

午後、気分を変えるために散歩に出掛ける。ユダヤ人街の外れにある古本屋を覗き、それからユダヤ風の惣菜屋《そうざいや》で軽い昼食を食べた。英語がまるで通じなくて最初は料理を注文するのが大変だったが、何度もしつこく顔をだしているうちに顔なじみになって、注文しなくても気分で美味しそうな料理を出してくれるようになった。ピクルスがとにかく旨《うま》かった。なんでもかんでも酢漬けにしてあり、疲れた体には最適であった。

食後、ボージュ広場のベンチに深々と腰を下ろし、萩原朔太郎《はぎわらさくたろう》の詩集を眺め、適当な言葉を引っ張りだしては日本語の美しさを味わうように口腔《こうこう》で呟いてみたりした。

ぱらぱらと粉雪が降りだしたので読書を止め、家路についた。広場を出た回廊のカフェレストラン「マ・ブルゴーニュ」の店先のテーブルにミノリがいた。ミノリはずっと、本を読んでいた私のことを見ていたようだった。彼女は右手を軽く振った。私は立ち止まり、しばらくそこから動けなくなってしまった。

粉雪がボージュ広場を右から左へと舞う。太陽は出ていて、日差しは眩い。ミノリは微笑んだ。その微笑みに救われ、私は再び一歩を踏み出した。

ミノリは動かなかった。まるでそこで前から待ち合わせをしていたかのようにどっしりと座って、私を見上げていた。口許が優しく弧を描いている。近づいて分かったのだが、目元は笑ってはいなかった。

――ずっと見てた?

ミノリはこくりと頷いた。
――ええ、とても自然だったわよ。

## 第五節　嫉妬《しっと》ウイルス

1

日溜まりの中に溶けて崩れ落ちてしまいそうであった。
激しい嫉妬が招いた途方もない結末の果てに立たされ、どうしていいのやら、すっかり思考は停止してしまいぴくりとも動こうとはしなかった。こうして目の前にミノリがいるというのに、蜃気楼《しんきろう》を見ているような気分、いや色あせた幼少期の懐かしい写真を見ているような有り様である。愛していたミノリに隠れて私は早希と関係を持ってしまった。しかも肉体関係だけではなく、心の中にちゃんと一人の愛しい存在として早希が在った。今更ミノリに戻るのは調子が良すぎるだけではなく、私の中に少しはある道徳心がそれを許さないであろう。

2

ミノリの前の席に座り静かに彼女を見つめながら、これまでのことをこっそりと振り返った。冬の日差しに魂の輪郭が焦がされていく。

早希がここを去り、ミノリがここに来た今、私には幾つかの選択肢があるように思われる。しかし実際には一つも選択する道は残ってはいなかった。早希の道は絶たれ、ミノリに戻ることも事実上はあり得ない今、私には未来における希望の一片さえも残されてはいないのである。

ミノリを愛しすぎた結果、政野英二に恋人を奪われるのではないかと、毎晩虞《おそ》れ、気がどうにかなりそうな夜を送った。何かに縋っていなければまっすぐに立っていられないほどに怖かった。だから早希の言うところの未来の復讐に身を委《ゆだ》ねてしまったのだ。早希と関係を深めている間は虞れを忘れることができ、幾らか楽になることができた。ただ一つ、小さな誤算は、早希をも愛してしまったことである。

3

愛ほど表の顔と裏の顔が異なるものはない。愛の名の下、世界は紀元前より何かと危機に陥ってきた。愛は恐ろしい。愛は容赦がない。愛ほど矛盾するものは存在しない。

夜、私は私の部屋のベッドでミノリを抱いた。どんな状況下でも肉体には節操がない。歯磨きと同じように、或いは洗濯をするように、日常のルーティーンと変わらぬセックス。辛くとも三度三度摂《と》る食事のような、空腹を埋めるためだけの行為。一瞬の快楽を求めての行動ではなく、朝起きて最初に誰もがしなければならない義務のように、つい手が勝手に伸びた。しかも早希とあれほど抱擁を繰り返した同じベッドの上で、である。

私はミノリを抱きながら眼球から流れ出る涙を止めることができなかった。涙は、この三十数年間必死で世界を目撃してきた貧しい二つの眼球の汚れを洗い流すようにどんどん流れた。涙の雫がミノリの胸の谷間に次々に落下しては、そこに世界で一番小さな湖を作った。

——何が悲しいの？

ミノリは言った。見下ろす彼女の顔は珍しく優しい。

——生きていることが、……こうして生きていることに。

彼女は私を抱きしめる。涙の湖に頬を濡らす。

ミノリの股間が私を締めつける。そのまま二人は一回転し、彼女と私の立場が入れ替わる。ミノリは上になると主導権を取った。彼女がリードする姿を私は生まれてはじめてみた。そのことで興奮し、しかし一方で誰が彼女にこんなことを教えたのかと狼狽《ろうばい》した。私の不安を余所《よそ》に、恥骨と恥骨はだらし無くも淫《みだ》らに擦れあって、その度にペニスの先端までむず痒《がゆ》い電流が駆け登った。

いったいこの不浄な感情はどういう理屈から生まれてきたのであろう。いったいこの不《ふ》埒《らち》な欲望は生きることに絶望している自分のどこらあたりから沸き起こって来ているのだろう。ミノリはかつてないほどに野性的だった。彼女の体臭が、彼女の興奮と正比例して溢れだしてきた。私は久しぶりに匂いの虜になる。ああ、この匂い。背中を浮かせ、そのまま彼女に抱きついた。首筋から脇の下にかけて顔を押しつける。汗に混じって、べたつく野性の香りが私の鼻孔を突く。ミノリはつたないけれど精一杯腰を振るのを止めなかった。あまりに官能的なミノリに私は悲しくも激しく興奮してしまう。脇の下に鼻先を押しつけたまま、最後は朦朧と白濁した。

4

灯を消した部屋の、備え付けのベッドの上で二人は並んで仰向けになった。付き合いだしたばかりの頃のように手を繋いで暗い天井をまっすぐに見つめていた。まだ愛が未来に対して限りなく広がっているような錯覚が起きる。しかしそれもすぐに蜃気楼であることが分かる。

——お別れを言いに来たのよ。

天井ではなく闇であった。星も瞬《またた》かない平坦《へいたん》な夜空。かつて一緒に見た星は何処《どこ》にも見当たらなかった。すでに涙は出尽くしており、今更新たな悲しみは起こらない。

——わざわざ言いに来たんだ。ただの別れではないんだろう。

闇に向かって独り言を言うように告げてみる。ミノリの手に力が一瞬籠もり、それからふっとそれが抜け、温もりは、返す波に渫《さら》われてしまうようにするするとどこかへ消えた。

慌ててミノリの手を摑もうとした私の掌は、一握の空虚を捕まえることしかできなかった。

——好きな人が出来た。

——政野だろ。

ミノリは否定も肯定もしなかった。沈黙と闇が見事に溶け合い、私はと言えば生きているのが不思議なほど呆然と自分を無くしていった。まるで自分の葬儀を俯瞰《ふかん》から目撃しているようなぼんやりとした意識の停滞。痛みが起こる前の、名刀で見事に切りつけられた直後の、真空状態の傷口のよう。

意識を風のように感じて、ふと我に戻り、いったい何が自分に降りかかったのか、しなだれた性器の安堵感を余所に、私の頭だけが急に新たな熱を持つ。何か言いかけてはそれらを次々飲み込まなければならなかった。こういう結末を最初から知っていたような気がして今度は不意におかしくなった。哀れな笑みが砂漠に涌き出る泉のように滲《にじ》む。

——政野は早希さんと別れるのかい。

——そういう質問は下らないわ。

目を瞑ってもそこにも闇があった。果てしない宇宙である。

——下らないというのは承知している。でも知りたいこともある。いつから好きだったか、教えてくれないか。最初から好きだったのかい。

ミノリが瞬《まばた》きをしているような気がした。彼女の体臭の残香が微かに届く。

——それは違う。好きだと思うようになったのは先月のこと。早希さんが彼の元から消えたのよ。三か月ほどになる。何があの二人の間に起こったのかは分からない。でも彼はすごく落ち込んでいた。あなたもいないし、政野さんは一人で可哀相だった。あれだけのプロジェクトをたった一人で纏めようとしている。誰も彼を精神的に支える人はいないのよ。寂しかったんでしょうね、夜に呼び出されることが増えた。仕事が終わって、バーやカフェで慰めているうちに、自分の気持ちが彼の悲しみの穴を埋めることを喜んでいることに気がついた。あなたに対して持っていた感情とは全く違った気持ち。なんていうんだろう。なんとかしてあげないとっていう気持ちかな。手を差しのべたいと思わせる何かがある人なの。好きなんだ、と気がついたのは先月のこと。政野さんに肉体を求められて、自分でも信じられないことにそれを素直に受け入れてしまった直後のこと。

ミノリの手を求めていた自分の手からあらゆる気力が抜け出ていった。掌が落ち葉のようにだらりと開いた。この災いは自分が招き寄せたものなのだ。誰を憎むことも出来ない。自分にもう少し愛を信じる力と勇気と忍耐があれば、ミノリを失わなくて済んだはずであった。あの時、早希に縋らなければ……。しかしそれは言い訳に過ぎない。招いてしまったことの責任は自分にある。なんという悲劇！

——君は最初から政野を好きだった。

——いいえ、それはあり得ない。

──潜在意識の中では既に愛していたんだ。

──それはあり得ない。私はそんなに器用な女じゃない。ずっとあなたが私を見ていてくれないかと思っていた。昔のように私を大切にしてくれないかと思っていた。

──そんな馬鹿な。

思わず、大きな声が飛び出してしまい、心臓が激しく内側から叩《たた》いた。心臓の弁を血が突き破ってしまうのではないかと思うほどの痛みが胸の中心に切りつけた。随分と昔にミノリが言った言葉を思い出してしまった。『浮気ができるような女じゃないわ。もしあなた以外に好きな人が出来たなら、それは本気だということよ』

……本気。本気、か。体中が震えて押さえ込むことが出来なかった。

──そんな馬鹿なことが許されるわけがない！

──落ちついて。

ミノリの手が私の手を握りしめる。それを振り払おうとするが、彼女は必死で私の手を押さえた。暴れると、彼女は私の腕にしがみつく。肉体がミノリに甘えている。私は自分をコントロールできないほど、全く自制心を失って、暴れ続けた。ミノリの腕が私の肩を押さえ、ミノリの頬が私の頬を摩る。頭の中ではミノリと一つになった政野の姿が明滅を繰り返した。

ああ、なんて愚かなことをしてしまったのだ。なんて最悪な事態を招いてしまったのだ。

自分のせいだ。ミノリにも、政野にも、早希にも責任はない。全ては気の弱い自分のせいなのだ。嫉妬深くて、愛を信じることができなかった自分のせい。

――テツシ。テツシ……。

ぐったり力が抜けると、意識もぼやけた。右腕にしがみつくミノリの黒い輪郭が見えた。彼女の頭が肩の上に乗っている。細くてしなやかな髪の毛がとても優しかった。こんなに大事だったものを自分の弱さのせいで失うことになるなんて。朦朧とする目で、頬ずりをするミノリの顔を盗み見た。

――あなたを裏切り傷つけてしまったことを詫《わ》びに来たのよ。

呼吸が出来ない。空気を吸おうとすると肺が締めつけられて苦しい。肺は機能することを拒否してしまったかのごとく、潰《つぶ》れてへこんで平べったくなってしまった。思うように呼吸が出来ず、何度も激しくむせた。

――いや、いいや、……俺が悪いんだ。……最後くらい、自分の非を認めさせてほしい。口から漸《ようや》く零れ出た言葉によって再び涙腺《るいせん》が開かれてしまった。涙は、あれほど流れ出たというのに前よりもさらに多くの雫を頬へと押し出した。

すぐ目の前に彼女の顔があった。白くてほっそりとした顔である。黒くて大きな瞳がその真ん中を占拠している。その瞳にもきらりと光るものがあった。眼球がうっすらと涙で濡れている。二人にも歴史はある。結末がどれほどの悲劇でも、愛し合った時間は消し去ることができない。彼女がその尊い時間を思い出していることが分かった。黒目が左右に小刻みに震えて、ふくよかな涙を睫毛《まつげ》の先に滴らせていった。

――ミノリ。

――テツシ。

政野を受け入れた彼女がもう自分に戻ることがないのは分かっている。しかもこの結末を導いたのは自分の愚かさ、弱さなのである。苦しいが受け入れるしかなかった。政野とミノリの肉体が一つになったという現実を想像しては、私の感情はあちこちで執拗に痙攣《けいれん》を起こし続けた。

――すまない。本当にすまなかった。お前をもっとしっかりと抱きしめていればこんなことにはならなかった。全ては自分が蒔《ま》いた種だ。軟弱なせいだからなんだ。

ミノリが目を細めると涙が睫毛からすっと音もなく落ちて頰を伝った。それは温かく、意外にもさらさらとしていて私の胸を湿らせた。

――テツシ……。テツシ。聞いて。

薄紅色の唇があった。この唇ももう政野の優しさを知ってしまったものだ。肉体も、心も、なにもかも。

――テツシが引き止めてくれるなら、私はまだあなたを選ぶことができる。

耳を疑うような突拍子もない響きに、私は思わず、どういうことだい、と訊いた。

――まだ私の気持ちは迷っているのよ。

ミノリは私にチャンスを与えた。なのに私は即座に投げ入れられた救命浮輪にしがみつくことが出来なかった。私は早希と関係を持っていた。彼女を愛したのだ。その事実を消すことは不可能である。こんな複雑な精神状態でミノリの浮輪に調子よくしがみつくことなど出来るわけがない。なんという悲劇だろう。なんと哀れな。

朝が来るまで二人は頰を乾かすことができなかった。

5

翌日、シャルル・ド・ゴール空港で、ミノリの後ろ姿が出国ゲートの先に消えるのを静かに見守っていた。ミノリとはもう会話らしきものはなかった。早希とのことを告げる勇気もない。

私は彼女を追いかけて引き止めたかったが、そこには天国の門のごときゲートがあり、二人を隔てて邪魔している。もう二度と会うことがないような絶望的な気分に包み込まれる。どうして人間には別れが付きまとうのか。

パリの空気は乾いていた。パリ市内に戻るバスの車中、私は途方に暮れ、ただ虚《むな》しく空を見上げていた。

『君が他に好きな人を作ったら、ぼくは迷わず自殺してやる』

いつだったか売り言葉に買い言葉でミノリに投げつけた自分の言葉を思い出した。もしあなた以外に好きな人が出来たなら、それは本気だということよ、と彼女が言った言葉を受けて私はそう言った。今、それは現実となった。私は生きる糧《かて》を失った。

6

嫉妬は世界最強のウイルスである。古代より世界中で猛威をふるっているというのに、人間はいまだに嫉妬はウイルスによるものではないと思っている。しかしこれほど恐ろしくしつこく質《たち》の悪いウイルスはない。このウイルスに罹《かか》ると、誰かを妬《ねた》みたくなり、誰かを怪しむようになり、最後には全てを憎悪するようになる。結果自分という存在がとてつもなく不安になるのだ。

ソクラテスやプラトンが生きていた時代の人々も嫉妬をし、現代人と同じようにそのことが原因で殺人を犯すことさえあった。今も昔も人間は変わっていない。進歩したのは技術だけで、人間の本質は進化しなかった。

文明がこれほど進歩しても人間はたかが嫉妬で人生を狂わされてしまう。嫉妬ほど悪性の病は他にはないというのに、人間は嫉妬を癒す特効薬をまだ持っていない。

嫉妬ウイルスは空気感染ではなく、愛で感染するのである。

嫉妬ウイルスに罹った者は苦しい。その苦しみから恢復《かいふく》するには長い時間と忍耐が必要になるが、必ずしも完全な恢復を得られない場合が多い。

私は今、一人パリの部屋で絶望の中にいる。全ての選択肢を失ってしまった空虚感の中にいる。テーブルの上には半分ほど空になったブランデーの瓶が置いてある。平常心を保てず、アルコールに逃げたのだった。酔って全てを忘れ去ろうとしたのではない。酔った勢いで死のうと考えた。今さら東京に戻ることは出来ない。しかしここで生きていくこともできない。死ぬことしか思いつかなかった。安易な結論だと笑いたくなったが、出てくるものはやはり涙ばかりであった。

7

瓶を摑んだまま、部屋を出る。外は雪が降っている。パリに来てはじめてみる本格的な雪、しかもかなりの大雪である。

交通は麻痺し、フラン・ブルジョワ通りに乗り捨てられた車がところどころで道を塞いでいた。ボンネットの上に積もった雪は三十センチほどの高さになっている。僅か半日でこれほど積もるのだから、記録的な大雪に違いない。

仄かに白い夜空の果てからしんしんと雪が降ってきていた。アパートを出たところで上空を見上げ、降ってくる雪を開いた口で受け止めた。セーターのまま出てきたが、酔いのせいで寒さされ感じることができない。革靴が雪に埋もれるたび転びそうになった。

自殺だなんて、そんな大それたことができるとは思えなかった。だから酔って何かの拍子に転んで頭を打ったり、或いは車に轢《ひ》かれて偶然死ねたら、と甘く考えたのだった。情けない一生だった。こんな人間だから、誰も愛し通すことができないのだ。やっと笑いが起きた。世界は二重に三重にゆらいでいく。歩くたびに世界は軋んだ。虚しい笑いが続く……。

ああ、世界が緩んでいく。このままセーヌ河に身を投げたら、数分で死ぬことができるだろう。

路上をよたよたと歩く。深夜なのですれ違う人もいない。雪だけが降っている。音もない。感覚もなかった。

どこをどう歩いたのか、気がつくとポンヌフの上にいた。真っ白な路面を除雪車が通り過ぎていく。運転していた男が窓から顔を出して何か叫んでいるが、フランス語なので理解することができない。こんな寒い中、そんな薄着で何をふらふらしてるんだ、と警告しているのだろうか。ブランデーの瓶を高々と掲げてみせた。除雪車がサンジェルマン・デ・プレの方角へと消えると、再びポンヌフの上はひっそりと静まり返った。

パリは巨大な雪雲に覆われていた。オレンジ色の街灯で浮かび上がるパリの街並みはいっそう冷たくいっそう悲しくいっそう寂しく聳《そび》えていた。左岸と右岸の間をセーヌ河が厳しい川面《かわも》を湛《たた》えて流れていく。

ポンヌフの石の欄干に胸をついて、ぼんやりと霞《かす》むパリの景色を見つめた。ブランデーの瓶に口をつけ、ぐいと呷《あお》った。瓶と口の間からアルコールが零れ落ちた。激しく咳《せ》き込む。もう何も感じなかった。悲しみも痛みも、そして嫉妬さえ……。

綺麗だな、と思った。悲しいけれども美しい世界だと思った。石の橋から半分体を出してみた。手に力が入らず、握っていた瓶を落としてしまう。ブランデーの瓶がゆっくりと川に落下した。スローモーション映像を見ているように、ブランデーの瓶は暗い川面に引き寄せられていった。

目眩がして、体がふわりと前へ傾《かし》いだ。川面が目前にぐんと近づく。ああ、落ちる、と思った。これでもうあらゆる苦しみから解放されるのだ。体から力が抜けていく。事故のような死。人生からの自然な退去。馬鹿げた人生よ、さようなら。

川面の黒々とした流れに白いぼた雪が吸い込まれていく。そこに自分が混ざっていくような感じがした。それから雪の破片が静かに浮上しはじめ、闇の方へと引き上げられていった。パリの建物が手触れした画像のように視界を過り、不意に世界が反転した。ぐんと何かに持ち上げられ、雪が空に向かって降りだした。ああ、と声を張り上げた次の瞬間、私は雪の上に落下した。少し先に男が転がっている。男は半身を起こすと、厳しい顔つきで、怒鳴りだした。川へと転落しそうになっていた私をあの除雪車の運転手が救ったのだった。私を助けた反動で男も雪の中に放り出されたのである。

眠たかった。とにかく眠たくて仕方がなかった。男の怒鳴り声を聞きながら、私の瞼《まぶた》は静かに閉じていこうとしていた。私はまだ生きていた。またしても私は人生をコントロールすることにしくじってしまったのだ。

私はいったい誰のことが忘れられないのであろう。

# 第四部　永遠

# 第一節　再生の音楽

## 1

窓を開けると二十四時間途切れることなく、目の高さを車が過《よぎ》っていく。日中の方が静かに感じるのは慢性の交通渋滞のせい。明け方の方が道が空いている分、都心へ戻ってくる車の速度も速く、タイヤが路面を擦《こす》る音がうるさい。まるで大きな波が窓のすぐ傍《そば》まで打ち寄せているかのようだ。

仙台の実家からこの高速道路に面した幡ケ谷《はたがや》の賃貸マンションに移ってきて一週間が過ぎた。郊外のもう少し静かな部屋を借りるべきだったが、親の心配と猛反対を押し切って仙台を飛びだしてきたため、家賃、保証人の問題など諸事情から考えても今の自分に普通の部屋を借りるだけの力はなく、とりあえずはここからはじめるしかなかった。この十畳ワンルームのフラットはかつての大学の同僚が持っている仕事部屋の一つであり、彼は今アメリカの大学に客員教授として招かれ、日本にはいなかった。部屋を長い間空けたままにしておきたくはないという友人の思惑とも合致して、管理人のような役割ついでにただ同然で借りることが出来た。

仙台で開業医をしている父親にパリから連れ戻されて二年と九か月が経った。いつまでも親の庇護《ひご》の元、朝から晩まで何もせずただぼんやりと生きているわけにもいかなかった。自殺未遂をしでかしたことを特に気にしている親は、この二年半神経を尖《とが》らせて私を監視した。しかし私は本気で死のうと思ったわけでもなく、あれは酒に酔っての事故に過ぎず、そういう迷いは日本に半ば強制的に追い返された時には既に失《う》せていた。

仙台市郊外にある父の知り合いのサナトリウムで療養をしていた時期、最初に私の元にやってきたのは政野英二であった。二年か一年半くらい前のことだと思うが……。

ところがそのことを知ったのは、彼が東京へと追い返された後のことである。父親が病院の連中に東京から来た者と私とを絶対に会わせないように、と指示していたのだった。看護婦から一通の手紙を渡された時も、その手紙に検閲がなされていることを、切られた封を見て知った。微笑《ほほえ》む看護婦に罪はなく、私は無表情にそれを受け取り、中身に目を通した。

## 2

『ここまで来て、君に会えないのはとても残念だ。病院の人には何度もお願いをしたのだが、面会許可は結局おりなかった。それも仕方がないことだと思う。原因は僕にあるんだから。そもそも僕が君をあんなプロジェクトに誘わなければ、あるいはミノリさんまで巻き込まなければ、君たちはあのまま幸福であり得たのだと思う。いや今さらそんなことを言うのは狡《ずる》い。本当に狡い話だと思う。

しかし僕は君にあやまろうと思って仙台まで君を訪ねてきたのではないし、何かの誤解を解こうと思ってやってきたのでもない。ただ君に会って、君が生きていることを確認したかった。というのか、なんだろうな、うまく言えないけれども、君の生きている顔を見たかった。もっと狡い話になるかもしれないが、自分が安心したくて君を見に来たという方が正確かもしれない。

君が自殺未遂をパリで仕出かしたということは半年ほど前にミノリさんから聞いた。すぐに連絡を入れたかったが、僕には連絡をいれる勇気がなかった。例のインテリジェントビルが着工したばかりだったし、余裕も無かった。それに、僕はミノリさんのことが好きになってしまっていたからだ。でも結論から先に言おう、彼女は僕をふった。はっきりと、政野さんのことを愛せない、と言われてしまった。だからもうずっと彼女とは会ってもいない。ついでに早希も僕の元から居なくなった。君がパリへと旅立った直後に僕の元を出ていったのだ。夫婦仲が良かったとは言わないが、思い当たる理由はない。ミノリさんへ気持ちが動いたのは早希が僕の元から飛びだした後のことだ。何か僕に対して大きな不満があったのかもしれないし、彼女なりに悩んでいたのかもしれない。

言い訳になるかもしれないが、早希が僕の元を去らなければ、ミノリさんに気持ちが揺れたかどうか。彼女に慰められているうちに心が移ったのだ。でもそのことが君をそんな風に追い詰める結果になった。これはミノリさんのせいではない。全て僕のせいだ。彼女に君という許嫁《いいなずけ》がいると知りながら、僕は彼女の好意に甘えた。言い訳のしようもないだろう。大切な後輩であり仕事のパートナーを裏切った。その罪は重いだろう。君に死を考えさせたのだし、ただひたすら申し訳ないと思うだけだ。

早希とも離婚をすることになる。一人になってしみじみと思うことがある。癒《いや》しの中庭作りに関わった私たち四人がこのプロジェクトのせいでばらばらになってしまったということだ。何が癒しだ、と思っては苦笑する毎日だった。これほど苦しい人間関係にもかかわらず、プロジェクトの方は順調に進んでいるのもまたおかしなものだ。

来年の冬には竣工《しゅんこう》するだろう。しかしそこに癒しの中庭プロジェクトに関わった人間が私以外誰もいないというのが悲しい。いったい誰のためのアトリウムになるのか。あまりにも皮肉な話で、これ以上は書いていても辛《つら》くなるばかりだからやめよう。

この手紙はサナトリウムのロビーで書いているが、この手紙が君の元にちゃんと届くとは思えない。多分、担当の先生がこれを君に見せない方がいいと判断なさるだろうから。傷ついている君がこれ以上傷つかないように、と配慮が行われるに決まっている。

そうだと分かっていながら、こうして手紙を書かなければならないほど、実は僕も苦しんでいるんだ。どうか、許してほしい。ただ君が生きている顔を見たかった。君がまだ生の光の中に存在していることを見たかった。すまなかった。

政野英二』

3

あの手紙が私の元に届けられたということは、担当医は手紙の内容が私の心の傷を癒す効果があると判断したに違いない。或《あ》いは特に害はないと思ったか、それとも看護婦のミスで誤配されたのだろう。

その後、政野からも早希からも、そしてミノリからも連絡はなかった。あったのかもしれないが、内容が病状を悪化させる可能性があると判断され、検閲されたのかもしれない。または親がそれらの手紙を隠したのかも。

あれから三年近く経っている。早希はどうしている。ミノリは何をしている。この間、絶対に彼女らは何か連絡をよこしたはずである。親が隠したとしても、こちらから向こうに連絡をいれればそれですぐに分かるはず。なのに私は積極的に動くことが出来なかった。今さら彼女たちと繫《つな》がって、今さら何を伝えればいいのか、分からなかったからである。

4

そんな状態の私が仙台から突然東京へと舞い戻るきっかけになったのは地元の新聞に載った小さな記事である。それは日曜版の隅っこに載っていたもので、見出しはそのものずばり、『心を休める癒しのアトリウム』というものであった。

政野が設計したビルが完成し、その中庭が話題になっているという内容だった。広告代理店の社員たちが昼休みにアトリウムで寛《くつろ》いでいる写真が記事の中央を占拠していた。写真の端に座る女性は高木の袂《たもと》で目を瞑《つむ》りやや顎《あご》を上げ、何かに聞き入っているような、或いは何かの香りを味わっているような顔をしていた。私が作った音楽を聞き、ミノリの調合した香りを嗅《か》いでいたに違いないのだ。

何度も記事を読み返し、じっとしてはいられなくなった。約三年ぶりの東京。しかもまだ、かさついた心に湿りけが戻りきってはいなかった。ぎこちなく痛んだ胸をおさえて私は眼前の高速道路を眺めていた。

5

いったい何をしようとしているのか自分でも分からなかった。荷物を解《ほど》き終わる前に私はジャケットを摑《つか》んで、冬の東京へと飛びだした。とにかくあれを拝まないことには全てがはじまらないという焦りから……。心臓は高鳴り、頭の中が鈍く痛んだ。

地下鉄に乗り、新宿でJRに乗り換え、有楽町で下りた。久しぶりの東京の、せわしないリズムになかなか体が慣れなかった。クリスマス商戦真《ま》っ只中《ただなか》の銀座は平日だというのに大勢の人で溢《あふ》れていた。記憶にある住所を頭の中に描きながら歩いた。太陽の光が低い位置から照りつけ、人々の背後に長く黒い影をたなびかせている。自動車のノイズや、デパートや街頭のスピーカーから流れ出る音楽や案内放送、それに人々の喧騒《けんそう》が入り交じり、徐々に耳の穴が麻痺《まひ》していった。

広告代理店の新社屋はオフィス街の中に聳《そび》えていた。巨大なビルという印象ではない。むしろ周囲の高層ビルに比べれば低層ではないだろうか。二百分の一の模型でしか外観を見たことがなかったせいで、意外に清楚《せいそ》な佇《たたず》まいに少し驚いた。周囲の林立したビル群の中にあってまず贅沢《ぜいたく》に敷地を使っている。歩道にも高木が植えられて、周辺の猥雑《わいざつ》な世界とは一線を画する形で雰囲気を作りだしている。

大きなエントランス、これはまるで巨大な洞窟《どうくつ》の入口といった不思議な作りをしていたが、何かに譬《たと》えるならば、ヨーロッパの城の城門を潜《くぐ》るような荘厳な感じがあった。一瞬その威圧感に抵抗を覚えたが、これは多分、部外者がふらふらと中に紛れこまないようにするための配慮ではないか、と感じた。というのは一旦《いったん》中に入ってしまうと、そこは門構えの拒絶感とは反対に現代的な明るい美術館のような空間が広がっているからである。

エントランスホールにまで、中庭の天井から差し込む光が零《こぼ》れてきていた。エントランスホールの中ほどに受付のようなものがあったが、私はとりあえずそこを素通りして、まっすぐに中庭へと吸い寄せられていった。

6

最初に光を感じた。それは天井に張りめぐらされたガラス窓のトップライトから差し込んできているかなりの量の光の粒子たちであった。次に中庭に植えられた南国の高木の緑が目に鮮やかに飛び込んできた。椰子《やし》や蘇鉄《そてつ》がビルの中に生えている。まるで巨大な植物園という印象。その植物園を取り囲むような感じで、各フロアーの突端が剝《む》き出しになっていた。仕事机や働いている人の姿が見えた。それが最上階まで幾重にも続く。一番上の階は十階くらいだろうか。上に行くほど内輪が広くなっている作りで、上階から下の階が一望でき、どこで誰が誰とミーティングをしているのかすぐに分かる仕組みであった。必要とあらば中庭越しに声を掛けあうこともできる。

だだっぴろい空間に圧倒され、ぼんやり眼前の異世界を見上げていると、今度はどこからともなく音楽が聞こえてきた。中庭に足を踏み入れて、やっと音を識別できる程度の音量である。

『中庭で寛ぐ人々の意識に近づきすぎないほどの大きさであること』

それは私と政野とが最初の打合せで約束したことでもあった。丁度第一楽章の「ゆらぎ」が流れていた。目を瞑り音階を追いかけてみる。スピーカーの配置も申し分がなかった。椰子の木の袂に特注の小型スピーカーが隠されているのだった。音の在り処《ありか》、出所が分かりにくい場所から音楽は流れ出ていた。

そして最後に、香りがあった。それは気がつくまでに相当な時間を要した。音楽に耳が集中していたせいもあるが、かなりの微香である。気配というのか、影というのか、そこで安らいでいる人々の意識を全く邪魔しない自然な香りであった。

私は中央に置かれた椅子《いす》に腰掛けた。思考を捨て、できるだけ無になろうと試みる。光が瞼《まぶた》を軽く押し、それから音楽が耳に届き、最後に香りが鼻孔《びこう》をくすぐった。広々とした空間は仕事の疲れを癒すのに適していた。音に誘われて耳をスピーカーの方へと傾けた時、頬《ほお》に風を感じた。おもむろに風の源へと意識を向けると、そこに外気を入れるダクトのようなものがあった。ダクトの先端に弁のようなものがあり、それが室内の空気の流れをコンピューターで制御して外の空気を室温と調整して循環させているのであった。光、空気、風、匂い、音、どれも見事にこのインテリジェントビルのコンセプトと調和している。

斜め前方に座っている女性は徹夜でもしたのか、目元を手で押さえながら仕事の疲れを癒していた。肩が凝っているらしく、首を時々ぐるぐると回している。神経や頭を酷使する仕事をしているのだ、休息は大切である。

女性従業員はしばらく中庭でぼんやりとした後、軽いあくびをしてからゆっくりと席を立ち、仕事へと戻っていった。疲れた社員たちはこの中庭へと下りてきて頭と心を休め、ここで十分なエネルギーを蓄えた後、再び自分のデスクへと戻っていくのだった。

政野英二の計画は成功しているように思えた。クリエーティブな仕事に従事するこの会社の社員たちは、この中庭で少なくとも癒しを得ているのである。自分が作った音楽もその仕事に一役買っているのだった。

## 7

しかし、何かが不満だった。その何かが分からなかった。コンピューターで制御された癒しに不満がある、わけではない。人工的な安らぎに疑問を感じる、わけではない。作りだされた秩序と安定に嘘臭《うそくさ》さを覚える、わけでもない。

——社員証をお持ちですか。

背後から声がかかる。振り返ると警備員が真横に立ち塞《ふさ》がり、こちらを見下ろしていた。小さくかぶりを振ると、男は、

——受付はされましたか。

と聞いてきた。それにも首を振った。

——誰かとお約束なら、一度受付を通って頂けませんか。

――誰とも約束はありません。

素っ気なく返すと警備員の顔が強張《こわば》ったので、私がこの中庭で流れている音楽を作りました、と付け加えた。男はしばらく私の顔をじっと見つめた後、そうだとしても、とにかく一度受付に行くように、と言いなおした。

――私がこの中庭で流れている音楽を作ったと言ってるんだ。

思わず語尾に力が籠《こ》もる。嫌な気分だった。整頓《せいとん》された書類をまき散らしたいと思った。美しい彫刻にひびを入れたいと思った。規則正しい配列を組み換えたいと思った。

――そうかもしれませんが、私には判断がつかないので、申し訳ないんですが受付まで。

――政野設計事務所に問い合わせて貰《もら》えないですかね。

――だからそれは受付でお聞きしますので。

男はあくまでも丁重なのだ。彼には非の打ち所もない。城内への侵入者に対して、それでも礼儀を尽くして対処している方である。分かっているのに、不快さが増していくのはいったい何故《なぜ》だろう。

不意に香りが鼻につきはじめた。やだな、この匂い、と思った瞬間、香りが堰《せき》を切ったような勢いで頭の中へと進入してきて不愉快な気分に火をつけた。次の瞬間、不協和音が聞こえた。そんなはずはない、と慌てて音のした方へと頭を振るが、警備員が、受付までご同行願えませんか、と声を荒らげ、それを邪魔した。確かにあれはディスコードである。

八小節前のどこかに、和音からはみ出したミストーンが紛れ込んでいる。それを確かめないといけない。

――ちょっと静かに、今音が狂っていた。君が大きな声を出すから聞き逃したじゃないか。

立ち上がろうとしたところを男に腕を掴まれた。もう一度、狂った音が聞こえた。それは第三楽章に入ってすぐのところであった。シンセサイザーのストリングスの和音の中に紛れているようだ。

――そんな、馬鹿な。あんな音を入れた覚えはない。

入れた覚えがないのにどうしてこれほど明らかに間違いと分かる音が混ざっているのであろう。後から誰かが入れたとしか考えられなかった。後から、とすれば、それは政野がやったとしか考えられないことである。

警備員の手にさらに力が入る。掴まれた腕の筋が痛い。

――ちょっとこちらへ。

――放せ。君は大変な間違いを犯している。

――とにかく裏の警備員室まで来てください。

――だからちょっと待てよ、不協和音を見つける方が……。

次の瞬間、私は警備員の胸を力任せに小突いていた。男はよろけながらも私の胸ぐらに摑みかかってきた。警備員の動作が機敏になっていく。私の神経がそれにつられてささくれだっていく。内側から物凄《ものすご》く巨大な不快感が沸き起こる。

——何すんだ。いい加減にしたまえ。

警備員と揉《も》み合った。肉体の反乱を押さえ込むことができない。震える拳《こぶし》が警備員の顎先を捕らえた。力の加減もできない。不協和音は徐々に広がっていき、いまや頭の中で反響していた。

警備員が社員たちが見ている前で吹っ飛んだ。起き上がった警備員の目は敵愾心《てきがいしん》に煮えたぎっていた。警備員の方が圧倒的に背が高く力があった。相手の拳が今度は私の腹部へと次々に押し込まれていく。うち下ろされる拳はまるでハンマーのようであった。私は呆《あっ》気《け》なく押さえつけられてしまった。警備員は殴りつける手を緩めない。固いくせに、生暖かい拳であった。痛みと同時にしかし私は、本当の人間の温《ぬく》もりを手に入れた。

8

トップライトの光が眩《まぶ》しかった。殴りつけられながら、見上げた太陽の光線に、私は赤い血潮を覚えた。人間が人間を癒すことに不浄な手つきを見る気がしてならなかった。しかしそれはきっと嫉妬《しっと》のせいに他ならなかった。嫉妬心は世界を百八十度変転させて見せるのだ。嫉妬さえしなければ私はきっとこの箱庭に満足していたに違いない。なのに嫉妬によって、私は人間という不完全な生き物を創造した存在を侮辱したくなるのだった。

光は眼球の裏側で凝固してしまった。瞬《まばた》きももうできなかった。このまま怒りの中に閉ざされてしまえばいいのにと思った。このまま動けなくなるまで殴られ続ければいいのにと思った。

もう音も匂いも感じなかった。血が鼻の奥から頭蓋骨《ずがいこつ》の奥へと零れ落ちていく冷たい感触だけを感じた。静かに肉体が傾《かし》いでいくのが分かった。ただ光だけが美しく制止した眼球の中、神々しく充満していた。

# 第二節　香りの行方

## 1

三人のうちまっさきに駆けつけてきたのは政野英二であった。彼が病室に現れた時、私は顔に包帯を巻かれている最中で、看護婦の美しい指先の間に刑事と一緒の政野を見つけた。瞬間、自分が再び混乱し壊れるのではないか、と危惧《きぐ》したのだがそれは起こらなかった。むしろこういう事態を用心していたせいか、冷静に見つめ返すことができた。きっと政野英二を呼び出したくて暴れたに違いない。

政野英二の顔はインテリジェントビル着工前の清々《すがすが》しさが消えて、皮膚は土色に変化し、目は窪《くぼ》み窶《やつ》れていた。政野はコートを手に抱えたままベッドの端に立ち尽くし、自分のことを忘れて、哀れむような目で私を見下ろしていた。隣にいる警察の人間を警戒しているのかもしれなかったが、すぐには喋《しゃべ》りださなかった。

警察官と看護婦が病室から離れた後、政野はやっと表情を崩し、私のそばに近づいてきて、気分は、と訊《き》いた。声は穏やかに届いた。鎮静剤が効いているに違いなかった。黙っていると、政野は、警備会社とは和解した、と告げた。

――さしでがましいかとは思ったが、私が君の身元引受人になって、警察と警備会社と話をさせてもらった。向こうも行き過ぎた暴力を使ったことを詫《わ》びている。君が先に手を出したので防衛本能が働いたと言っているし、ある程度は目を瞑らないとならないだろう。君の怪我《けが》も顎先が少し切れているけれど、大したことはないそうだ。君が和解してもいいと言うなら、私が話を纏《まと》めるが……。

お願いします、とうべなった。しかしそれ以上政野と事件のことを話す気にはなれなかった。原因はあの中庭にあるのだから、警備員に責任がないことぐらい分かる。

――みんなどうしてますか。

ミノリのことと早希のことを暗に聞いてみたのだった。

――ミノリさんは年明けには結婚するらしい。

静かな声なのに、重たく力があった。

――相手は私のかつての同僚で、今売出し中の建築家だよ。一昨年《おととし》私の紹介で二人は知り合い、私の知らないところで付き合いが深まった。結婚が決まるまで私は彼らの関係を知らなかった。彼女の仕事も順調なようで、その男のプロジェクトに参加している。「芳香の家」と名付けられたシリーズの住宅を大手の建材屋と組んで開発しているらしい。らしい、というのは私はもう彼女と会っていないので、その後彼女がどういう人生を歩んでいるのか知らないんだ。人づてに聞いたことを君に伝えているに過ぎない。君のところにて消えた。

は何か連絡はないかい?

政野の声は途切れ途切れに耳に届いては、そこで地面に打ちつける水の雫《しずく》のように弾《はじ》けて消えた。

――早希さんは?

政野の顔に影が落ちる。

――さあ、もう連絡を取り合ってないからな。

政野は背中をこちらに向け、窓の方へと視線を投げつけた。外苑《がいえん》の美しい木立が見えていた。政野の肩に光が静かに積もっていく。降り積もる雪のようでもある。

何も聞こえなかった。何も匂わなかった。何も感じなかった。

――酷《ひど》い中庭でした。

小さく言うと政野は振り返り、驚きを隠さず目を見開いて私を見下ろした。

――とても不浄なものを感じました。

自分の口が勝手に喋っていた。心は既に病室を抜け出て外を彷徨《さまよ》っていた。政野は無言だった。彼にも私が言っている言葉の意味は理解できているはずであった。そうでなければこんなに青白く窶れるはずはなかった。

2

嫉妬の、小さな亀裂が頑丈な建物を崩壊させた。屋根を支えていた四本の柱は白蟻《しろあり》に食い荒らされたかのように脆《もろ》くなり、あれほど強い絆《きずな》でしっかりと結ばれていた柱も見事に折れて倒れてしまった。今や建物は跡形もない。

愛と嫉妬はつねに危険な関係にある。嫉妬のない愛などあるのだろうか。人間は嫉妬する動物である。どんな聖人君子も嫉妬をする。子供から老人までみんな嫉妬する生き物なのである。

愛する者を奪われるという虞《おそ》れから嫉妬するのではない。自分が傷つくのが怖いから嫉妬の鎧《よろい》を着てしまうのであり、つまり嫉妬とは自己愛に他ならない。

もしも愛を永遠に維持させたいと願うなら、人間はまず愛する者に嫉妬をしないことを最初に自身に誓わなければならないだろう。

3

次に現れたのはミノリだった。退院の日、母が私を仙台に連れて帰る役目を担って東京まで出てきていた。病室に母の持ち込んだ蜜柑《みかん》が山積みにされ、丁度母は手続きをしに階下へと下りていたのだった。

目を開けると、そこに彼女がいた。小さな顔、細い体。長い手、大きな黒い瞳《ひとみ》。灰色のシックな服を着ている。赤みがかった頬から、彼女の精神状態や健康状態がすこぶるいいのが伝わってくる。

最初は夢でも見ているのかと思ったが、私の顔に触れた彼女の掌《てのひら》の冷たさで、私はそれが夢ではないことを知った。

――どうしてこんな馬鹿なことを繰り返すの。

声は政野よりもいっそう優しかった。その声に溺《おぼ》れることはもう許されないのだ。彼女は結婚する。

――私を憎んでいるのね。その目が全てを語っているわ。

私は力なくかぶりを振った。

――そんなことはないよ。誰も憎んではいない。自分があまりに愚かなものだから呆《あき》れているだけだ。

――だから生きていくのが辛くなって自殺未遂を起こしたのね。

――そうじゃないさ。自殺未遂だなんて、そんな大事じゃないんだ。ただ雪の降る夜にセーヌ河の河畔を歩いていただけだよ。

――そしたら不意に飛び下りたくなったのね。

――その通り。

――それを自殺未遂というのよ。

ミノリは微笑む。どうしてそんなに柔らかい顔を投げかけるんだろう。何に対して自信があればこういう高貴な顔ができるのだろう。何もかも見抜いているという顔をしている。全てを理解しているという顔だ。

――ここにいるって誰に聞いて来たの？

――政野さんから電話があった。久しぶりに電話があったのよ、そしたらあなたが。

――結婚するんだってね。

ミノリはしばらく様子を窺《うかが》った後、小さく頷《うなず》いた。

――サナトリウムに手紙を送ったわ。そこに詳しく書いたけれど、あれ、ついたかしら。

――いいや、読んでいない。手紙は一通も読んでいない。

――かなって思った。あんな手紙、医者や家族は読ませるわけないわよね。返事がこないからそうだろうなって思っていた。

――その手紙に、新しい恋人のことが詳しく書かれていたんだね。結婚のことも。

――ええ、そうよ。

――幸せなんだね。

――ええ、幸せ。多分、幸せ。

――多分？

ミノリは微笑んではいなかった。口許をぎゅっと結ぶと一度視線を外した。何かを考えてから、きっと幸せ、と呟《つぶや》いた。

私は彼女を困らせたくなかった。だから笑みを浮かべてみせた。あれほど嫉妬したのに、今はそういう気持ちにはなれなかった。

――良かったじゃないか。政野さんから聞いたんだけど、君はイキイキと仕事をしているそうじゃないか。良かった。

――本当にそう思う？

ああ、とうべなった。確かに心底そう思っていた。この期《ご》に及んで嫉妬をするわけにはいかない。もう結論は出ている。それに彼女をこれ以上苦しめる資格は私にはない。

――本当にそう思うよ。なんていうのかな、君が好きだった。愛しすぎて、手加減が出来なくなってしまっていた。嫉妬をした。執拗《しつよう》な嫉妬。気も狂わんばかりの嫉妬の毎日だった。苦しかったよ。苦しくてならなかった。君を縛りつけておきたかった。誰にも渡したくなかった。でも人間が人間を縛りつけることなんかできるものじゃない。ぼくは本当に愚かだった。愛し合っているんだから、君はぼくのものだって誤解してしまったんだ。でもどんなに愛し合ったとしても人間は誰のものでもない。誰も相手を束縛する資格なんかないんだ。ぼくは政野さんに君を紹介したことを物凄く後悔した。君に社会性を与えてしまったことをあの時とても悔いた。おかげで君に言い寄る男が増えてしまった。輝きを手に入れた君はもうぼくのコントロール下にはいなかった。それは当然のことだ。最初から分かっていた。人間は誰のものでもない。だからぼくはあの時、君にそういうチャンスを与えてしまった自分の偽善にほとほと呆れ果てたんだ。でも今は違う。君が自分の人生の何かを乗り越えて、逞《たくま》しい女性に変化したことを嬉《うれ》しく思うし、嫉妬しておかしくなってしまった自分を恥じている。

ミノリの表情はまるで仮面のように凝固したまま微動だにしなかった。二つの目だけがまっすぐ私を捉《とら》えて離さなかった。

——君が結婚したいと思う人物だ。きっと素晴らしい人だと思うよ。間違いない。おかしいね、もう嫉妬してないんだ。一度は死を考えたわけだろ。セーヌ河に飛び込もうとしてるところを助けられてしまったわけだ。あの時川の中に飛び込んでいたら、と思うと、生きていることをこれ以上否定できなくてね。何もかも自分の愚かさから招いたことだ。そのことでもう誰かを恨んだり嫉妬したりはできない。ぼくはこれからも生きていくわけだから、ここらへんで心を入れ替えなければならないんだ。心を入れ替えたいと思うよ。

ミノリの唇がへの字に曲がる。それから不意に目が細くなった。

——どうしてそんな風に言うのよ。

え、何、と聞き返してしまった。

——どうして今頃、そんなことを言うのって聞いたの。

——どういうことだい。

——あなたに憎まれた方が良かった。あんなに愛したのに君は酷《ひど》い女だと言われた方がまだまし。

ミノリの眼球にうっすらと涙が溜《た》まっているのが分かった。ミノリの手を握りしめる。彼女はどうしていいのか本当に分からなくなっている様子で、手先を握り返したり、離したりを繰り返した。

——いつ、結婚するの？

ミノリは黙っていた。そこへ母が戻ってきた。母はミノリに気がついた途端、身構えた。ミノリが母を振り返り、二人は視線を合わせたまま動かなくなった。私は母にミノリを紹介した。母の顔が曇る。きっと母はミノリからの手紙を読んでいたのだろう。

ミノリは立ち上がり、母に向かって深々とお辞儀をした。それから、これで失礼します、と告げた。ミノリは立ち上がり、コートを摑んで部屋を出ていこうとする彼女に向かって私はもう一度、いつ結婚するんだい、と声を掛けた。ミノリは立ち止まり、ゆっくりと振り返ると、週末、と一言呟いた。

4

結局早希は現れなかった。しかし私は何故かすっきりとしていた。一つの踏ん切りがついた気分であった。

愛という荒唐無稽《こうとうむけい》な幽霊に、これほど私を傷つけ人生を狂わせるだけの力があったとは。

失恋を過去に経験したことがなかったわけではないし、逆に女性を振った経験も数度ある。なのに今度の場合は失恋などという言葉では括《くく》れない大きな意味を携えていた。

全力で人を愛した結果が生んだ一つの結末なのだった。かなり歪《ゆが》んだ愛ではあったし、複雑で希望のない結末でもあった。長い人生の中で私はいつかこれを受け止めることができるはずである。今は無理せず考えずひたすら毎日をこなしていくしかなかった。三度三度飯を噛《か》み、夜には寝て、朝には目覚める。そういう毎日をこなすのである。まるで戦争から帰還した傷病兵のように。

長いリハビリが必要かもしれない。社会復帰が簡単に行えるとは思えなかった。それでも社会というものは容赦がない。生きていくためにはじっとしているわけにはいかなかった。いつまでも両親の世話になるわけにもいかず、私はすぐに働き口を探しはじめなければならない。

5

国の研究機関に募集があり、父親の強い推薦でそこに仕事を得ることができたのは春も近い穏やかな季節のことであった。そして同じ頃、ミノリから一通の手紙が届いた。両親が出かけて不在だったため、手紙は検閲を受けることなく、私の手元に届くこととなる。

『あなたがこの日本のどこかでまだ生きていると思うだけで私は一縷《いちる》の望みを持つことが

できるし、それをささやかな幸福と名付けても構いません。例の週末は散々でした。このことを話す前に、少し聞いてもらいたいことがあります。

私はあなたが好きでした。一人暮らしをはじめた理由については何度か言いかけ、言いそびれてしまいましたが、それはつまり単純な理由。あなたが私を独占しようとしたからなのです。

気がつかなかったかもしれませんが、あなたは街角で私を発見した後、私に縄を付けていつも自分の側に置いておこうとしたのです。最初はそれが私も心地よかった。あなたに支配されることは、飼い犬にでもなったような気楽さと優越感がありました。

でも私はいつまでも飼われている犬では我慢できない人間でした。私はいつか野心についてあなたに訴えたことがあります。自分の能力を最大限に生かせる仕事に就きたいと思うようになりましたし、そのことをあなたに相談するようにもなりました。あなたは最初いろいろな理由を付けて私を外には出さないようにしていました。私が見つけてきた仕事を見て、あなたは興奮して怒ったことがあったのを覚えていますか。アロマテラピー研究所の助手の仕事です。店番とは違い、研究者について彼の補佐をする仕事でした。あなたは猛反対をして私を家の中に閉じ込めてしまった。私が他の人を好きになるのを警戒したからです。私が、意気地なし、と言うと、そうじゃない、君には相応《ふさわ》しくない仕事だ、と反論しました。私たちの関係が少し冷えはじめると、あなたは政野さんに私を紹介したのです。そして政野さんが私に新しい仕事を回してくれた時、あなたはまたあの時と同じような不信の目で私を見るようになった。私があなたの元を離れ、一人で暮らしだしたのは、しばらく自分一人で社会と向き合ってみて自分の実力を試したかったから。

でもあなたは私が自立していくことを不安に感じていた。しかも、政野さんと浮気をしていると勝手に誤解した。それは仕種《しぐさ》や態度で分かりました。でもそういう時、女は愛されていないのだな、と感じるもの。私は自分の力で生きてみたいと思ったに過ぎません。私は奴隷としてあなたに仕えたくはなかった。一人の女として尊敬されて協力しあって生きたかった。ただそれだけです。

頑《かたく》なあなたの悪い面を私なりにいつも理解してきたつもりでしたが、私はそんなあなたを少し追い込みすぎてしまったようです。あなたが自殺未遂を起こしたということを聞き、私もとても後悔しました。

一時は政野さんにも優しく愛を持ちかけられましたが、そのことは前にも話した通り、私には踏み切れなかったのです。一昨年、一人の男性と出会い、長い友達関係の果てに、結婚という言葉が囁《ささや》かれだしたのがつい三か月ほど前のこと。とても迷いましたが、その人の誠意と一人の女性として私を見つめてくれる姿勢に感動して、結婚を決めました。本来ならあなたに会ってそのことをはっきりと伝えたかったのですが、出した手紙に返事もなく、どうすることもできなかったのです。

しかし、私はその人との結婚を直前で反故《ほご》にしてしまったのです。理由はうまく言えません。うちうちで簡単なパーティを開いてお終《しま》いにしようと思っており、元々結婚式というものは考えていませんでした。だからそれほどの混乱にはならなかった。でもその人は傷つきました。何故、と毎日問い詰められています。でも、こうだ、と言い返すことはできません。いえ、分かっているのですが、言葉では伝えられませんでした。

それだけ、あなたとの愛は大きかったのだと思います。それだけです。

今はこれからの自分をもう一度見つめなおしているところです。もっともっと自立して、社会に対して責任のある仕事に取り組んでみたいと考えています。生涯を通じてじっくりと向かい合える仕事を探すつもりです。折角学んできた香りの経験を生かすことができる仕事と向き合っていきたいと思います。

あなたが、あなたらしさを取り戻して、再びいつか昔のように笑顔で会える日が来るのを、私は私なりにこの地で静かに待つつもりでいます。

ミノリ

追伸、同封したのはラベンダーの精油です。眠れない夜はベッドの端に一滴垂らして休んでください。やり方は、よく知っているとは思いますが』

## 第三節　終わりとはじまり

1

人生とは何か、と私はよく自問する。しかし人生をこうだと言い切ることができる者は少ないし、たとえ、言い切ることができる者がいたとしてもその殆《ほとん》どの答えは間違いである。それほど人生とは定義しづらく、定義にそぐわないもの。

もしもあなたが幸福でいたいと願うならば、あなたは決して人生とは何かと考えてはならない。人生を深読みすることは危険であり、人生を悟った気になるのはもっと危ない。これは同時に、愛についても、同じである。

愛とはこういうものである、と私が定義してしまった時に私の不幸ははじまったのだ。愛など、計り知ることは不可能であり、死ぬまで、いや死んでからも理解できないものなのである。

2

ミノリからの手紙は愛の不可思議な形態を実によく物語っている。あの手紙には二度自殺をしたくなるほどのことが記されているにもかかわらず、三度生き返りたくなる希望も記されていた。僅《わず》かな行数の間から、私は絶望と希望を交互に受け取った。

つまり愛とはそのように表と裏とが一体になった怪物なのであろう。

私は誰もいない研究室でミノリの手紙をポケットから取り出してはこっそりと読んだ。しかしそれ以上のことはしなかった。彼女がもしも私を待っていたとしても、今の私にはやはり彼女ともう一度向かい合うだけの力、生命力と言っても過言ではないだろうが、そういうものがかけらも無かったのだ。

でも、いつかは、と自分に言い聞かせることは忘れなかった。いつかはミノリの期待に応えられる人間になって、彼女の元に戻ってみたかった。

3

愛が何かはまだ分からない。けれど私はこう考える。他人を信用できない私が、もしも誰かを信じることができるようになるとしたなら、それが愛だろうと思うのだ。そして、その人に嫉妬しないならそれは愛かもしれない。本当に愛しているなら、嫉妬することはないように思う。つまり私はあの時、まだミノリを真実、愛してはいなかったということになる。

父と母。

# 4

父と母が年老いてなお別れることがないばかりか、二人が縁側に仲良く並んで座っては紅茶を飲んでいる様子は、子供の頃には全く想像もできない光景であった。

会話はないが、そこには日溜まりがあった。風もそよぎ、香りも音もあった。六十を過ぎた二人だったが、どこかにまだ愛人を抱えている可能性は十分にある。父も母もいまだに夜な夜な不思議な香りを連れて帰ってくるのだった。何十年も一緒に暮らしているのだから、彼らがお互いの浮気に気がつかないわけがない。いや、それをお互い公認しているような節がある。でなければ、何十年とともに生きることはできなかったはずだ。

最初、それは醜いことだと感じた。しかし、今の自分には違った考えがある。愛というものに、これが正しいという形などないのだ。愛ほど変幻自在に変化し、時代とともに移り変わる怪物は他に例を見ない。

二人の間に当然セックスはないだろうし、艶《なま》めかしい台詞《せりふ》が飛び交うこともないだろう。なのに二人の関係は枯れているようには見えないばかりか、信頼とか、協調とか、友愛とか、そういう綺麗な言葉ばかりがぶら下がっているように感じられるから、なんとも奇妙だと言わざるをえない。

私は子供の頃、二人がいつかは別れるものだと信じて疑わなかった。なのに今こうして彼らの背中を見ていると、彼らが絶対に別れないということを確信できるから不思議である。必要な嘘もあるのだ。不必要な正義があるように。

私は愛について、いったいどれほどのことを知っているというのであろう。

5

初夏が近づいた或《あ》る日曜日、家を出て近くの公園へと向かう木漏れ日に揺れる歩道を歩いていると、少し先の日溜まりに懐かしい顔を見つけた。自然に歩く速度がおそくなり、私はその人の横で立ち止まった。

——こんにちは。

早希の声は風にそよぎ、微《かす》かに震えていた。私は小さくお辞儀をしただけであった。

6

早希の表情はすっきりとしていて、苦しそうではなかった。政野英二の窶れた顔と比べると、心の踏ん切りがついたことを顔は物語っていた。早希は終始にこやかに笑みを崩さなかった。

思い出を語らないわけにはいかない関係だったのに、二人とも過去にはあまり触れたがらなかった。完成したインテリジェントビルについてしばらくそれぞれの意見を出し合い、それが余りに不自然な会話だと気がつくと黙りあった。

川沿いの道を歩き、見下ろす川面《かわも》がセーヌ河ではないことにお互い違和感を覚えつつも、そのことについてはやはりどちらも敢《あ》えて言葉にはしなかった。少年たちが野球に興じる川原を一望できる土手に、二人は並んで腰を落ちつけた。

——そろそろ落ちついた頃かな、と思って。

早希が言うので、私は、ああ、と返事を戻した。

——ずっと何してたの。

聞くと、彼女は、ずっと実家にいたの、とぶっきらぼうに戻してきた。しかしその先が続くわけではなかった。お互いの気持ちを探り合っているという感じである。三年近い時間が流れているのだ、容易に昔に戻ることは難しかった。

——パリ、ほら、急にいなくなって、驚いたよ。

早希は、ああ、うん、と微笑んだまま俯《うつむ》いてしまった。この話も今さら語り合うことではないような気がして、それ以上は突っ込まないことにした。

——政野さんと別れたんだってね。

——聞いた？

——別れることになるだろうって、言ってた。

――一人になれて良かったって思ってる。

――そうか。

――ここ、空が青いのね。

驚き、早希が見上げる空の先へ視線を上げた。雲が一つ、青空のど真ん中に浮かんでいる。

――透き通るような青空だわ。

――東京の快晴とはえらい違いだよね。

二人は笑いあった。ほんの少し距離が縮まったような気がした。それで私は、未来に対する復讐《ふくしゅう》についてだけどね、と切り出した。一瞬、早希の顔が強張るのが分かった。目がさらに細くなり、口許が中心に向かって引き締まる。

――いったいぼくたちは何に復讐をしたんだろうね。

早希は、しばらく考えてから、さあ、と漏らした。もうゆとりのある笑みは完全に口許から消え去っていた。

――二人が早まった復讐をして、いったい誰が幸福になれたんだろうって、時々考えるんだけど。

早希は俯いていた。

――政野先輩と君は離婚し、ぼくとミノリは別れた。ぼくと君も愛が続くことはなかったし、二人が引き金を引いたことで接近しかけたミノリと政野さんも結局結ばれることはなかった。四人はばらばらになり、誰も幸福には近づけなかった。

——後悔している？

——そうじゃない。ただ、今さらながらあの頃、君が怯《おび》えていたものは何だったのだろうって、考えるんだ。

——怯えていたもの？

——そうだ、それがこの四人の物語の全ての始まりなんだから。

早希は顔を上げた。光が彼女の顔を世界から隠さない。

——それは、それはきっと耐える日常よ。

——耐える日常？

——平凡と言ってもいいけど。

分からない、と私は呟いた。

——三十歳を過ぎて、私は平凡というものがこれほど恐ろしく人生に伸《の》しかかってくるとは思ってはいなかった。十代の頃の疑うことなく輝いていた青春期とは違い、人生の折り返し点としての三十代は、全く膠着《こうちゃく》した戦場でしかなかった。塹壕《ざんごう》の中でじっと敵を待つようなものだった。いえそれよりももっと恐ろしい。いつかは自分の場所が奪われるのではないかと怯える毎日。日々が平凡で、何も起きなければ起きないほど、私の神経はいつ来るか分からない敵に怯えていたのよ。政野は仕事にも充実していて全身から野性の香りをまき散らしていた。まるで独裁者のような輝き。それにくらべ私は日陰で生き、彼の成功を見つめるだけの奴隷。いつも、私は彼の野心に怯えていた。私は今、とても自由になれた。あなたには酷い話と聞こえるかもしれないけれど、全てを失ってはじめて、私は自立できるような気がしてきたの。

早希の口許は微細に震えていたが、それは勝者の感奮による震えでもあった。

――政野から離れ、一からやり直さなければならなかったので、この三年は確かに苦しかった。でもそのお蔭で私は今やっと一人で生きていく自信も出来た。男と女の主従関係から離れて生きることができる自信がついた。

言葉を戻すことができず、代わりに奥歯を嚙みしめる。早希は自分の人生の意味を見つけ出している者特有の清々しい顔をしていた。まだ戦いははじまったばかりだろうが、彼女には、出会った頃にはなかった希望の光があった。それを私は祝福してあげるべきだ、と考えた。

川原を歩き、市内までバスに乗り、二人は仙台駅で降りた。駅の側のレストランで昼食を食べ、それから早希は東北新幹線の切符を買って、改札の中へと消えた。改札に向かう直前、早希は私に一瞬抱きついてきた。彼女の体の柔らかさと細さは変わらなかったが、ただ一つだけ大きな変化があった。ふわっと私の鼻孔に絡みついてきた彼女の香りは、あのジャルダン・バガテールの甘い香りではなかったのだ。

——香水を替えた？

彼女の体から離れる間際、私は素早く問いただした。早希は僅かに笑みを拵《こしら》え、さすが、と呟いた。

——ジッキー。全く正反対のタイプの香水。

——どうして？

——さあ、どうしてかしら。特に理由はない。女の子が髪を切るようなものかな。前の方が良かった？

——いやそういうことじゃなくて、ただ、君が君じゃなくなってしまったような感じがするんだ。変だね、たかが香りなのに。いや、たかが香りじゃない、ぼくは十分に知っているつもりだ。香りこそが大切な嗜《たしな》みだってことを。ねえ、恋をしてる？

早希はそれには応えず、まっすぐに私を見つめると、それじゃあ、また、と呟いてから改札の中へと消えていったのである。私にはパリでのあの別れの時が蘇《よみがえ》るような寂しさがあった。でもそれはすぐに未来へと羽ばたいていった。彼女が選んだ新しい香水の香りの中に、いつまでも記憶に残る爽《さわ》やかな味が含まれていたからである。それは未来をまっすぐに見つめる力強い意思を表しているような尊い香りであった。

彼女が何を伝えにここまで来たのか、が問題ではなかった。大事なことは、とっくに二人がそれぞれの未来をきちんと見つめだしているということ、そのことをお互いが確認できた、ということなのである。

7

私は街角ですれ違う女性の香りをかぎ分け、用心して歩いている。香りには既に人格があり、香りには最初から哲学がある。香りには隠された悪意があり、見え透いた善意がある。香りほど過去を蘇らす魔法を持つものはなく、香りほど未来を疑う毒はない。どの匂いを纏うかで、出会いにも計り知れない影響がでる。つまりはどの香りをまき散らすかで、その女性の人生は大きく左右されていくのだ。香りとは運命をも導く道具なのであろう。

私は早希の身につけた僅か一滴の香水に翻弄《ほんろう》された。強《したた》かな一滴であり、手ごわい一滴であった。香りを愛したのか、女を愛したのか分からなくもなったが、あの一滴の在り処ほど私にとって永遠の謎《なぞ》を秘めたものはないのである。

8

全てを失った後、聞くようになったのはノイズミュージックだった。ヘッドフォンを耳にあてて、フルボリュームで狂った音楽を聞いた。不協和音の大きな音の積み重ねの中に安心を覚えるようになっていった。或いは打楽器の激しいリズムの中に沈黙を見つけることができるようになっていった。

不快だと人間が感知することの向こう側に、真実の安らぎがあるような気がしてならなかった。美しい調和で描かれた音楽、例えば人気のある、名曲と呼ばれるクラシック音楽には何か不愉快な苦しみを感じるようになっていく。完成されたメロディというような、絶対的な旋律にはどこからともなく拒絶反応が湧《わ》いた。

エレキ楽器などによるディストーションの効いたギザギザした音の渦の中に浸っていると、何故かバランスが取れるようになった。自分が壊れてしまったのだと頭では理解するが、果たしてそうだろうか。世界があまりにも型にはまった美を追求しすぎる反動のようなものだと考える。

そしてそういう音楽を専門的に作っている集団が存在し、そういうＣＤが世界中で売られていることも知る。

眠れない夜、私はヘッドフォンをしてフルボリュームでノイズミュージックに聞き入る。音が隙間《すきま》を埋め、尖った音が鼓膜をどんどんひっかいていく。最初は不快なのだが、耳がそれを求めて仕方なく、そのうち次第に肉体がノイズを受け入れるようになっていく。鼓膜が音の重圧感に負けて、脳がそれに従うようになり、痛みが心地よさへと変化していくと、私はまるで胎児のように眠りに落ちるのだった。

# 9

ミノリから電話があったのは、夜中のことで、私はいつものようにヘッドフォンでノイズを浴びていた。音の洪水の中に電話のベル音が微かに聞こえたので、まさかと思いヘッドフォンを外してみると、けたたましい音で電話が鳴っていた。時計を見ると一時を過ぎている。

誰だろうと、用心しながら出ると、懐かしい声が、起きてたの、と告げた。それがおかしなことに付き合いはじめたばかりの頃のような気楽な声であった。

——ああ、起きてたよ。

私はステレオを消して、話しやすいようにベッドに座りなおした。

——眠れている？

——相変わらずだよ。

たわいもない会話が続く。最初は用心していたが、三十分もすると昔のように、つまり交際していた頃のようにという意味だが、まるで恋人同士のように話すことができるようになった。世間話に花が咲き、最近の彼女の周辺のことでああでもないこうでもないと意見が飛び交った。

——どうして追いかけてくれないの。

とミノリが不平を零したので、あの時期早希と関係を持ってしまったことを正直に告げ、良心の呵責《かしやく》に苦しんでいる、と打ち明けた。苦しんでいるわけではなかったし、かつてほどの迷いがあったわけではなかったが、適当な言葉が見つからなかったので、代わりに本当のことを喋ろうと思った。

沈黙があり、そうか、そんなことがあったんだ、とミノリの声は小さく途切れがちになった。正直に話せたことは幾らか気分を楽にさせた。もう隠すべきことは何もない。

——早希さんのことが好きなのね。

彼女がそう質問してきたので、いいや、今はそうじゃない、ときっぱり応えた。それからまたどうでもいいような会話に話が逸《そ》れていった。

10

それから、ミノリから頻繁に電話が掛かってくるようになった。彼女の新しい部屋の電話番号も聞いていたので、私から掛けることもあった。そして話すことは大抵たわいもないことばかりだった。どうでもいいようなことには予定調和が無く、また終わりもはじまりもなく、従って疲れることもなかった。

——どうしてるの?

彼女はやさしく投げつけた。

――どうもしない。

私はそう応え、二人は笑いあった。

ある日、私はミノリの香りについて話した。君には野性の香りがあって、それが忘れられない、と言ってみた。

――野性の香り？　ああ、この体臭のことね。野性の香りだなんて、そんな素敵なもんじゃないわ。

――君と付き合っていた頃、それはもっとも尊いものだったし、別れた今もそれはぼくの心の中でさらに尊いものとなっている。

――さらに尊い？

――そうだよ。だって、もう君とは抱き合うことができないだろ。だからその香りはぼくにとっては幻の香りということになるんだよ。

――どうしてそう思うの。嗅ぎたいのならいつでも、どうぞ。

ミノリはそう言いながら笑い、私はちょっと驚きつつも、つられて笑い返した。

## 11

初夏の或る日、仕事から戻ると母親が一通の手紙が届いたことを伝えた。差出人は不明であった。母は、誰から？　としつこく訊《たず》ね、封を切るまで私の側から離れないと言い張った。

仕方がないので母の前で封を切り、中の便箋《びんせん》を取り出した。しかしそこには何も書かれてはいなかった。真っ白な便箋が一枚入っているだけであった。

——何、これ気味が悪いわ。何にも書いていないじゃない。気をつけなさいよ、こういうのは大抵女の仕業なんだから。

母親は怪訝《けげん》な顔で私をじっと見つめたが、私は微笑み返した。そのことで母親はもっとたじろぎ、やだわ、この子、と言ってそこから退避した。

私は便箋に付けられた懐かしいラベンダーの香りを嗅いでから、封筒の表面を見つめた。消印は仙台市内となっていた。一瞬、パリの時を思い出した。あの時はすぐには現れなかった。まるで焦《じ》らすようにしばらくしてから、不意に私の前に姿を現したのだ。あの時も同じラベンダーの香りであった。

もう一度便箋の匂いを嗅いでから、私は玄関に走った。サンダルを突っかけて、夏がはじまろうとしている仙台の街へと飛び出した。この街の空の下に彼女がいる。きっとこの近くにいるはず。どこかこの辺りをうろついているはずだ。会いたい。会いたい。不意にそれまですっかりどこかに押し込めていたある特別な感情が蘇ってきた。そしてあの特別な香りも……。

母親が背後から大きな声で、ねえ、哲士、どうした、どこへ行くの、と叫んだ。

夏のむんとする湿った香りが鼻孔をついた。暗い路地の先に誰かがいるような気がして、私は十字路のど真ん中で立ち止まり目を凝らした。それから四方を順番に振り返った。どこにいるんだい。いったい君は今どこにいる。

夜空に星が瞬《またた》いていた。遠く、遠く、行けるはずもない遥《はる》か彼方《かなた》の宇宙の隅で、新しい惑星が一つ、ぽっと誕生したような想像が心の中を過っていった。

『嫉妬の香り』参考文献


『建築と緑』瀧光夫著　学芸出版社刊
『建築の法則』ユルゲン・イェディケ著　倉島建美訳　集文社刊
『静けさよい音よい響き』永田穂著　彰国社刊
『バイオミュージックの不思議な力』貫行子著　音楽之友社刊
『天の香り』スザンネ・フィッシャー・リチィ著　手塚千史訳　あむすく刊
『建築の歴史』ジャン＝シャルル・モルウ著　藤本康雄訳　白水社刊
『香りの謎』鳥居鎮夫著　フレグランスジャーナル社刊
『耳の建築』ＩＮＡＸギャラリー企画委員会企画　ＩＮＡＸ刊
『マルチメディア時代を築くインテリジェントビル』ＮＴＴファシリティーズ建築マルチメディア研究会編著　ＮＴＴ出版刊

## 集英社文庫　辻 仁成の本

### ピアニシモ

形だけの家庭と敵意に満ちた教室。転校生の僕の孤独を癒してくれるのは、伝言ダイヤルで知り合った少女サキだけだった……。すばる文学賞受賞作。

### クラウディ

16歳の秋、函館。死を決意した僕の心を引きとめたのは巨大な翼の影だった。〃ベレンコ中尉〃〃亡命〃。2つの言葉が僕の希望となった——。30歳を目前にした僕の青春の焦燥を描く。

### カイのおもちゃ箱

ヘンシッシャを退治しに行こう！大都会のカオスの中、廃墟の瓦礫から高層ビルの森へ、迷路の路地から地下へ、カイと6人の少年十字軍が突き進む——。

### 旅人の木

僕の憧れだった9つ違いの兄が音信不通に。その兄を捜しにこの町へきた。アルバイト先の同僚、複数の女友だち——そこには僕の知らない兄がいた……。都会の漂流を描く青春小説。

### 函館物語

最も多感な時期を過ごした町・函館を再訪し、自ら撮影したカラー写真と、書き下ろしエッセイで綴る。観光ルートから逸れて、誰も書かなかった函館を案内。オリジナル・カラー文庫。

# 集英社文庫　辻 仁成の本

## ガラスの天井

お前は誰だ？ 僕はいつも僕に訊いてきた——。雪降る街の子ども部屋での体験。ロックを通して出会った人びと。そして東京の雑踏を見つめる僕。孤独を友としてきた心の軌跡を、自画像を描くように綴る。

## オープンハウス

カード破産した僕。売れないモデルの彼女。声を忘れた犬……。同じ部屋でともに暮らす彼らが奏でる乾いた不協和音。都会の片隅の孤独を描く表題作など、傑作全3編。

## ニュートンの林檎(上・下)

彼女に会わなかったら、僕は何も失わず、また全世界を手に入れることもなかっただろう……。引き合う魂の彷徨と冒険を、力強くスピード感あふれる筆致で描いた、パワフルな長編小説。

## ワイルドフラワー

俺はゲイ？ 僕は奴隷？ そして私は……。巨大都市NY。3人の男がひとりの女を軸に、それぞれ真実の模索し、抑圧された自己を開放していく——。インモラルな「純愛」小説。

## 千年旅人

生死や恋愛を描きながら、作者は悠久の時の流れを凝視している。宇宙の淵を覗き込むような不思議な感覚の短編集。映画『千年旅人』の世界を描いた「砂を走る船」他全3編。

# 集英社文庫　目録(日本文学)


柘植久慶　炎の軌跡
柘植久慶　ヒトラーの戦場
柘植久慶　獅子たちの時代
柘植久慶　サバイバル・ブック
柘植久慶　ゴールド・ラッシュ
柘植久慶　死の影の戦士
柘植久慶　戦士たちの賭け
柘植久慶　核の迷路
柘植久慶　マクシミリアンの傭兵
辻邦生　夜ひらく
辻仁成　ピアニシモ
辻仁成　クラウディ
辻仁成　カイのおもちゃ箱
辻仁成　旅人の木
辻仁成　函館物語
辻仁成　ガラスの天井
辻仁成　オープンハウス
辻仁成　ニュートンの林檎(上)(下)
辻仁成　ワイルドフラワー
辻仁成　千年旅人
辻仁成　嫉妬の香り
筒井康隆　国境線は遠かった
筒井康隆・編　異《い》形《ぎょう》の白昼
筒井康隆・編　12のアップルパイ
筒井康隆　新日本探偵社報告書控
筒井康隆　フェミニズム殺人事件
津原泰水　蘆屋家の崩壊
津村節子　玩具
津村節子　石の蝶
津村節子　婚約者
津村節子　女の椅子
津村節子　ひめごと
津村節子　欲望の海(上)(下)
津村節子　春のかけら
津本陽　北の狼
手塚治虫　手塚治虫の旧約聖書物語①　天地創造
手塚治虫　手塚治虫の旧約聖書物語②　十戒
手塚治虫　手塚治虫の旧約聖書物語③　イエスの誕生
寺山修司　海に霧　寺山修司短歌俳句集
東郷隆　鎌倉ふしぎ話
東郷隆　おれは清海入道　集結!真田十勇士
藤堂志津子　かそけき音の
藤堂志津子　銀の朝、金の午後
藤堂志津子　昔の恋人
堂場瞬一　8年
童門冬二　江戸の怪人たち
童門冬二　全一冊　小説　上杉鷹山
童門冬二　小説　大久保彦左衛門

## 集英社文庫　目録（日本文学）

童門冬二　全一冊 小説 直江兼続《なおえかねつぐ》
童門冬二　歴史に学ぶ「生き残り」の奇襲戦略
童門冬二　部下の心をつかむ 江戸の人間学
童門冬二　全一冊 小説 蒲生氏郷《がもううじさと》
童門冬二　大奥追放 異聞吉宗と絵島
童門冬二　全一冊 小説 二宮金次郎
童門冬二　全一冊 小説 平将門
童門冬二　全一冊 小説 新撰組
常盤雅幸　真ッ赤な東京
徳永進　病室から
徳永進　病気と家族
戸田奈津子　男と女のスリリング 映画で覚える恋愛英会話
戸田奈津子　スターと私の映会話！
富島健夫　青春の野望 第一～五部
富島健夫　夜は別れない(上)(下)
富島健夫　雲のあばれん坊

富島健夫　女人追憶 全七巻（14冊）
富島健夫　純子の実験 自選青春小説1
富島健夫　初恋宣言 自選青春小説2
富島健夫　制服の胸のここには 自選青春小説3
富島健夫　婚約時代 自選青春小説4
富島健夫　おとなは知らない 自選青春小説5
富島健夫　不良少年の恋 自選青春小説6
富島健夫　きみが心は 自選青春小説7
富島健夫　悪友同士 自選青春小説8
富島健夫　二年二組の勇者たち 自選青春小説9
富島健夫　青春劇場 自選青春小説10
富島健夫　好色の里
富島健夫　生命《いのち》の山河
伴野朗　西域伝(上)(下)
伴野朗　大遠征
伴野朗　上海遙かなり

伴野朗　刺客列伝
伴野朗　三国志 孔明死せず
伴野朗　士は己を知る者のために死す
伴野朗　成田空港の女
伴野朗　白公館の少女
伴野朗　中国歴史散歩
伴野朗　長安殺人賦
伴野朗　砂の密約
伴野朗　中国・反骨列伝
伴野朗　上海伝説
伴野朗　呉・三国志 長江燃ゆ一 孫堅の巻
伴野朗　呉・三国志 長江燃ゆ二 孫策の巻
伴野朗　呉・三国志 長江燃ゆ三 孫権の巻
伴野朗　呉・三国志 長江燃ゆ四 赤壁の巻
伴野朗　呉・三国志 長江燃ゆ五 荊州の巻
伴野朗　呉・三国志 長江燃ゆ六 巨星の巻

集英社文庫　目録（日本文学）


伴野朗　呉・三国志　長江燃ゆ七　夷陵の巻
伴野朗　呉・三国志　長江燃ゆ八　北伐の巻
伴野朗　呉・三国志　長江燃ゆ九　秋風の巻
伴野朗　呉・三国志　長江燃ゆ十　興亡の巻
豊田穣　撃墜―空戦記―
豊田穣　撃沈―海戦記―
豊田穣　出撃―決戦記―
豊田穣　四本の火柱
豊田穣　海軍特別攻撃隊
豊田穣　海の紋章
豊田穣　激戦地
豊田穣　空母信濃の生涯
豊田穣　江田島教育
豊田穣　空母瑞鶴《ずいかく》の生涯
永井明　医者が尊敬されなくなった理由《わけ》
永井明　解体新書ネオ
中上健次　鳩どもの家
中上健次　十八歳、海へ
中上健次　水の女
中上健次　紀伊物語
中上健次　軽蔑
永倉万治　晴れた空、そよぐ風
中沢けい　喫水
中沢けい　首都圏
中沢けい　楽譜帳
中島敦　山月記・李陵
中島らも　恋は底ぢから
中島らも　獏の食べのこし
中島らも　お父さんのバックドロップ
中島らも　こらっ
中島らも　西《さい》方《ほう》冗《じょう》土《ど》
中島らも　ぷるぷる・ぴぃぷる
中島らも　愛をひっかけるための釘
中島らも　人体模型の夜
中島らも　ガダラの豚I～III
中島らも　僕に踏まれた町と僕が踏まれた町
中島らも　ビジネス・ナンセンス事典
中島らも　アマニタ・パンセリナ
中島らも　水に似た感情
中島らも　中島らもの特選明るい悩み相談室　その1
中島らも　中島らもの特選明るい悩み相談室　その2
中島らも　中島らもの特選明るい悩み相談室　その3
中島らも　砂をつかんで立ち上がれ
中谷巌　痛快！経済学
中野次郎　誤診列島　ニッポンの医師はなぜミスを犯すのか
長野まゆみ　上海少年
長野まゆみ　鳩《はと》の栖《すみか》
長野まゆみ　白昼堂々

# 集英社文庫　目録（日本文学）

長野まゆみ　碧《あを》空《ぞら》
長野まゆみ　彼《かれ》等《ら》
中原中也　汚れつちまつた悲しみに……——中原中也詩集
中原英臣・富家孝・大鐘稔彦　病の大陸
中原英臣　上手な医者のかかり方
中部銀次郎　もっと深く、もっと楽しく。
中村勘九郎　勘九郎とはずがたり
中村勘九郎　勘九郎ひとりがたり
中村勘九郎・他　中村屋三代記
中村修二　怒りのブレイクスルー
中山可穂　猫背の王子
中山可穂　天使の骨
中山可穂　白い薔薇の淵まで
永山久夫　世界一の長寿食「和食」
夏樹静子　第三の女
夏樹静子　アリバイのない女
夏樹静子　ひとすじの闇に
夏樹静子　遙かな坂(上)(下)
夏樹静子　雲から贈る死
夏目漱石　坊っちゃん
夏目漱石　三四郎
夏目漱石　こころ
夏目漱石　夢十夜・草枕
夏目漱石　吾輩は猫である(上)(下)
奈良裕明　チン・ドン・ジャン
鳴海章　ゼロと呼ばれた男
鳴海章　ネオ・ゼロ
鳴海章　スーパー・ゼロ
鳴海章　ファイナル・ゼロ
鳴海章　闇の戦場
鳴海章　劫火　航空事故調査官
鳴海章　五十年目の零戦
鳴海章　凍《とう》夜《や》
南條竹則　満漢全席
南原幹雄　灼熱の要塞
仁川高丸　微《び》熱《ねつ》狼《おおかみ》少女
仁川高丸　キス
ニコル　ぼくのワイルド・ライフ
ニコル　ニコルの青春記
西木正明　標的
西木正明　わが心、南溟に消ゆ
西村京太郎　血ぞめの試走車
西村京太郎　現金強奪計画
西村京太郎　イヴが死んだ夜
西村京太郎　真夜中の構図
西村京太郎　夜の探偵
西村京太郎　伊勢・志摩に消えた女
西村京太郎　殺しのバンカーショット

集英社文庫

嫉妬《しっと》の香《かお》り

2004年5月25日　第1刷

定価はカバーに表示してあります。

著者　辻《つじ》　仁《ひと》成《なり》

発行者　谷山尚義

発行所　株式会社　集英社

東京都千代田区一ツ橋2—5—10
〒101-8050
電話　03（3230）6095（編集）
03（3230）6393（販売）
03（3230）6080（制作）

印刷　大日本印刷株式会社

製本　大日本印刷株式会社



ISBN4-08-747696-0 C0193